女同士とかありえないでしょと言い張る女の子を百日間で徹底的に落とす百合のお話
6
ARIOTO
onnadoushitoka ARIENAIDESYO to iiharuonnanoko wo hyakunichikan de TETTEITEKINI otosu yuri no ohanashi
JN131490

玲奈さん、ぜんっぜん
意味わっかんないなし。

ハア？
[にしだれいな]
西田玲奈
・・・・
カミングアウトの翌朝、教室で

えっと……水着の写真、撮っていいかな？
NATSUMI
HINANO

YUZUKI
CHISAKI

REC
悪戯注意！　戯れるふたりのキャット

00:22:22

目次［もくじ］

ARIOTO
onnadoushitaka ARIENAIDESYO to iiharuonnanoko wo hyakunichikan de TETTEITEKINI otosu yuri no ohanashi

女同士とかありえないでしょと言い張る女の子を、百日間で徹底的に落とす百合のお話6

みかみてれん

GA文庫

カバー・口絵　本文イラスト
緜

プロローグ

ARIOTO
onnadoushitoka ARIENAIDESYO to iiharuonnanoka wo hyakunichikan de TETTEITEKINI otosu yuri no ohanashi

不破絢（ふわあや）には、将来の夢がなかった。

なにになりたいだとか、あるいは、どういう人生を歩（あゆ）みたいだとか。

ふわふわしたわたがしのような甘い空想も特になかったから、とりあえずお金だけは貯（た）めておこうと思って、アルバイトに精を出していた。

高校を卒業した後の予定も、未定のまま。

だったのだけど。

恋人がなにげなく口にした進路の話を聞いたとき、絢はショックを受けた。

（きっと、私は鞠佳（まりか）のことを、守らなくちゃっておもっていたから）

そんな恋人が、自分よりも先に将来を決めたから、絢は取り残されたような気持ちになってしまったのだ。

（おもえば鞠佳は、いっつもそうだった）

自分より後にやってきて、いつの間にか自分の先を走っている。

バーのお手伝いだって、そう。

もちろん、接客業に慣れていたっていうのはわかる。鞠佳は今のファミレスが三つ目のアルバイトと言っていたから、働いてきた経験は絢とそう変わらないのだろう。

とはいっても、いくらなんでもだ。

新しい職場で、初日からまったく緊張せず、あんな風に違う自分を演じ切れる人がいるなんて、思わなかった。

絢とは違う。鞠佳は器用で、柔軟だ。粘土みたいに形を変えて、どんな隙間にでもフィットする。誰とでもうまくやれる。

(それにくらべて、私は、って)

自分の歩みは遅々として、少しも前に進んでいない気分になってしまう。

他人は他人、自分は自分のつもりでマイペースに生きている絢だけれど、どうしても、鞠佳だけは自分と比べずにはいられないから。

だけど、先日の一件は、そんな絢の気持ちをさらに変化させた。

鞠佳が教室で言い放った言葉。

『あたしと絢、付き合ってるから』

自分の恋人はすごい人物だと、わかっていたつもりだった。

でも、本当はもっともっとすごかった。

鞠佳はきっと、人生設計を考えている。

到達したい未来があり、そのために必要なことを揃えて、広大な地図に一歩一歩と足跡を刻みつけている。

今までちゃんと言葉にしてもらっていたし、絢だって鞠佳との将来を疑ったことはなかった。そのはずだ。

(でも、鞠佳はちゃんと私とのことを考えて、踏み出してくれた)

あれは彼女なりの、決意表明だ。

どんなものだって、どんなことだって、二の次。

あたしがいちばん大切なのは、あなたなんだよ、っていう。

いじらしくて、激しくて、あまりにも愛おしい告白だった。

そんなものを見せられてしまったら。

自分だって変わらなきゃいけない、って思わされるに決まっている。

(将来のことも……ちゃんと、真剣にかんがえなきゃ)

鞠佳が変えるのは、自分自身だけではない。

いちばん身近にいる絢の考え方も。いいや、もしかしたら、世界すらも。

鞠佳がそう望んだとおり、変わってゆく。

きっと鞠佳にとってもう、ありえないものなんて、なんにもないのだから。

「だから……なんでこんなことになってんの？」

隣に座る鞠佳は、目を白黒させていた。

鞠佳の隣には、ぴったりと絢が寄り添っている。どことなくほんわかとピンク色のハートが漂っているような雰囲気をかもしだしながら。

学校帰り、絢の部屋。

しかし、ただの放課後ではない。

なんといってもきょうは、鞠佳がカミングアウトをしたその日の放課後であった。

記念日。あるいは、アニバーサリーと言っても過言ではない。

「鞠佳のこと、抱きしめてあげたいって言ったから」

「……なるほど？」

頬を赤く染めて、戸惑う鞠佳に。

絢はさらに腕を抱き込んで、満員電車のように距離を縮めた。

ふたり——榊原鞠佳と、不破絢——は、去年の夏から付き合い始めた。あと少しで一年。

本当のアニバーサリーがやってくる。

最初のきっかけは、ヤバいバイトに手を出そうとした鞠佳を、絢が献身的に身銭を切ってでも止める、というものだった。鞠佳に一方的に懸想していた絢なりの、愛情表現だった。

……いい部分だけを切り取れば、そういう言い方もできる。

実際、榊原鞠佳は、絢にとって百万円を払うだけの価値をもつ、光の美少女だ。

「な、なんか照れるんだけど……」

少しクセのあるはねた髪を、白いリボンで二つ結びにしている。今やトレードマークとなった髪型は、鞠佳の快活な雰囲気と女の子らしさを両立させていて、ベストスタイルだ。

目は丸くて大きくて、ぱっちりと輝いていた。学校では欠かさずカラコンを入れて瞳(ひとみ)も大きく見せているから、ただでさえ愛嬌(あいきょう)たっぷりの鞠佳が、さらに親(した)しみやすくなっていた。

鞠佳は、才能と努力の塊(かたまり)だ。人の気分を明るくする太陽のような、天性の魅力をもった鞠佳が、さらにどうすればかわいくなれるかを常に模索しているのだから、そんなのは当然クラスの人気者にならざるをえないのもうなずける。

人気者どころか、中には鞠佳にガチ恋している少女もいるだろう。いないわけがない。女同士だとか、女子高だからとか、関係ない。だって鞠佳なんだから。鞠佳の魅力は人類という種そのものに作用するのだ。

と、多少私見が交じってしまったものの……。最近ではますますスタイルも成長してきて、ほのかに健康的な大人の色気を漂わせるようにもなってきた。

人間としても、女としても、恋人としても目を離せない。一分一秒ごとに成長してゆく鞠佳のその未完成な部分も、変わってゆく部分も、すべてを記憶にとどめておきたかった。

それは見た目だけじゃなくて。

たとえば匂(にお)いとか、肌触りとか、そういうのも含めて。

「……ええと、絢」

「ん」

「そんなに、感激しちゃった感じ?」

指で湯加減を探るみたいに問いかけてくる鞠佳に、絢はこくりとうなずいた。

「うん」

体勢を変えて、鞠佳の肩にしなだれかかる。さらに密着面が増える。

「かっこよかったし、かわいかった。鞠佳以上の恋人は、地球にはいないな、って思った」

「う、うん。そっか」

過度な表現(いや、百パーセント絢の本心だけれど)も、鞠佳は笑いながら受け止めてくれる。包容力もすごい! 好き!

恋人好き好き大好き愛してるモードになってしまった絢は、さらによりかかる。

こてんと倒れ込んで、絢はそのまま鞠佳の膝(ひざ)に頭を置いた。

鞠佳を見上げて、微笑(ほほえ)む。

「うれしかったよ。鞠佳に、なんでもごほうびあげたい」

「べ、別に、そういうのが目的でやったわけじゃないっていうか」

「わかってるよ。でも、あげたいの」

スカート越しに太ももの体温を感じながら、絢は熱っぽく告げる。

好きだけの気持ちじゃない。愛しい、とはちょっと近い。言葉にするのなら、『尊い』がふさわしい。

鞠佳という女の子が、正しく強く鞠佳らしく生きていることが、嬉しい。不条理な世界やルールにも負けず、胸を張っている鞠佳のことが、大切で仕方ない。

絢はどちらかというと性悪説を信じている。水が低きに流れるように、ただ生きているだけの人間はどんどんと怠惰になってゆく。だが、それが当たり前だ。絢だってそうだ。理由がなければ、きっかけがなければ、わざわざ自分を変えようとは思わない。

だからこそ、善くあろうとする人が眩しく見えた。そこには覚悟や信念、そして並々ならぬ勇気が必要だから。

誰にも強制されず、自身がそうするべきだと思って行動する鞠佳は、本当に希有な存在だ。

そうか、と思う。違いがわかった。

『愛しい』は自分から相手への感情でしかないけれど、『尊い』はそのモノ自体の価値を表す言葉だからだ。

ただそこにいるだけで、いつだって誰かを救っている。それが、鞠佳だ。

「鞠佳みたいな子は、ほかのだれよりも、しあわせになってほしいから」

尊さに対する報奨を受け取ってほしい。国があげないのなら、自分が無限に与え続けたい。

そう言うと、鞠佳は怪訝そうな顔をする。

「あたしみたいなって、どういう意味?」

「そのままの意味だよ」

「わかんないけど……」

自覚の欠けた天使は、絢の髪を優しく撫でながら、顔を覗き込んでくる。

「じゃあ、その幸せを、これから絢がくれるってこと?」

「私ひとりじゃ、つりあいが取れないかもだけどね」

鞠佳の頬に手を伸ばす。彼女はにへらと笑った。

「そんなわけないじゃん、嬉しいよ」

「本来なら、榊原鞠佳という存在をしっかりと世界遺産に登録して、これから先もいついつまでも永久に守りつづけてゆくべき」

「そこまで⁉　教室で絢と付き合ってますって宣言しただけで⁉」

だけではない。だけではないのだ。

宣言したのは一瞬のことだったけど、でもあの一瞬は、榊原鞠佳のたゆまぬ努力の果てに導き出された一瞬だから、17年と一瞬だ。

いや、綿々と受け継がれてきた人類の歴史を考えると、46億年と一瞬か……?

大げさに考えてしまったせいで、鞠佳の存在感がさらにものすごく膨れ上がってしまった。自分は今、地球の集大成とともにいる。

緊張してきた。

「ね、ねえ、鞠佳。なにか、してほしいことある？」

「えー？　なんだろ。でも別に、してもらいたくてやったわけじゃないからなあ」

少し考えてから、言う。

「じゃあ、なんでもしてあげる」

「な、なんでも！」

鞠佳が跳ね上がった。

なんでも、なんでも…………とくり返す鞠佳。その頰が徐々に赤くなってゆく。

……えっちなことを考えてるっぽい。

表情がわかりやすいし、なによりふわっと全身からフェロモンみたいな雰囲気が漂い出してきた。

まあ、確かにそれは、絢が鞠佳に与えられるものの中では、特に替えが利かないものだ。自分も、自信をもって鞠佳に提供できる価値だし。

くすりと笑い、鞠佳の耳の輪郭を指でなぞってあげる。鞠佳が「ひゃっ」と腰を揺らした。

「いいよ、なんでも。例えば、私のメモ帳に書いてあるようなこと、ぜんぶでも」

「あれはあたしの罰ゲームメモでしょ⁉　なんであたしが喜々として『じゃあハメ撮りしてして♡』とか言わなきゃいけないの！」

恥ずかしさをごまかすためか、鞠佳が身振り手振り付きでノリツッコミをしてきた。

「ふたりのいい思い出になるよ」

「もっとあるでしょ他にいろいろと！　旅行とかデートとか！」

「じゃあ、今までのプレイの中から、かんがえてみて」

そう言うと、今度はぴたりと固まった。

「今までの……」

ひとつひとつ反芻しているのか、また顔が赤い。

本当に、鞠佳は表情豊かだ。見ているだけで、ずーっとかわいい。

そのぜんぶが魅力的だから、もっといろいろな顔を見たくなって、つい意地悪をしちゃうのだ。幸せでいてほしいって、本当は思っているのに。怒った顔も、拗ねた顔も、悲しむ顔も、寂しがる顔も、ほしくなる。絢の不徳の致すところである。

鞠佳がぎこちなく口を開いた。

「今までしたプレイって……その、そういうことだよね……」

お互いとっくにわかっているはずなのに『また鞠佳はえっちなこと考えて』と言われないために、予防線を張ってきた。鞠佳かわいい。

絢はしみじみとうなずく。

「うん。今までいろんなことしたよね」

「思い出させようとしてない⁉」

「私の部屋でも、いっぱい、ね」

鞠佳の言葉を無視して、続ける。

「いっぱい、いろんなえっちしたよね。鞠佳は、どれが、お気に入り？」

「だから、言い方ぁ……」

ぷくっとほっぺを膨らませて、鞠佳がうめく。

鞠佳に膝枕(ひざまくら)をしてもらいながら、微笑みかける。

「ね、鞠佳に、なんでもしてあげたいんだよ。これは、私の本当のきもちだから」

あくまでも自分がしたいから、させてほしい、という態度。

その下からの視線に、鞠佳はしばらくむーっとうなってから、目を伏せた。

「いちばんとか、決めらんないし……」

鞠佳の手のひらに、じわっと汗がにじんでる。

だったら、と問う。

「目隠し(めかく)し拘束(こうそく)は？」

「あれは………そりゃ、きもちよかったけど……」

消え入りそうな、鞠佳のかすれた声。

ゾクゾクする。

普段は明るくて元気いっぱいの完璧(かんぺき)な彼女が見せてくれる、裏側の顔。

ギャップに、絢の心は鷲摑(わしづか)みにされる。

これが鞠佳の、恐ろしいところだ。

普段からとびきりかわいいくせに、恋人の前だとそれ以上にかわいくなってしまう。できるかぎり理性的でいようと心がけている絢ですら、思わず我を忘れてしまいそうになる。

わずかに震える肩。華奢(きゃしゃ)な首筋。

膨らんで上下する胸。スカートから伸びた脚(あし)。

フェロモンだって、さっきまでの比じゃなくて。

そのどれもが禁断の果実のように、かぐわしい魅力にあふれている。

「べつに、ふつーに絢とするのも、それだけで、きもちいーし……」

……。

これで本人、誘い受けをしているつもりでもなんでもないのだから、もう天性の小悪魔と言うより他ない。野放しにされていたら、今ごろは都内のあらゆる女子を魅了尽くしていたかもしれない。危なすぎる。

心から恥ずかしそうに言う鞠佳に、そろそろ我慢(がまん)ができなくなってきた。

だったら鞠佳のお望み通り、ふつーに鞠佳を思いっきり気持ちよくさせてあげようかと思ったところで。

「あ、でも」

鞠佳が目を泳がせながら、口を開く。

「その、あれは、よかったかも」

「わかった。しようね」

「まだなんも言ってないでしょ⁉」

思わずスカートの中に伸ばした手を、ぺちりと叩かれた。早まった。

「あれって、なに？」

「ううう。あたしに言わせて楽しんでるわけじゃないでしょーね……」

恨みがましく睨まれるが、そんな、滅相もない。

断固無罪を主張する弁護人のように、絢は鞠佳の目を見つめた。

「ちがう。私はほんとに嬉しかったから、鞠佳にも、ほんとに喜んでもらえるごほうびをあげたいの。だから、いつもなら言い出せない恥ずかしいことだって、なんだっていいんだよ。鞠佳はそれだけのことをしてくれたんだから。だからなに？　ねえ、あれってどれのこと？」

「うううううう」

鞠佳は再び頭を抱えた。

羞恥と誠意の狭間で、苦しんでいるようだった。鞠佳すごくかわいい。

鞠佳は、のぼせちゃうんじゃないかってぐらい顔を赤くしてから、ようやく口を開いた。

「あの、メイドさんのやつ………」

絞り出すように答えた鞠佳に、絢は。

「クリスマス前、鞠佳のおうちにお泊まりしている最中にしたプレイだね。私がメイドの格好をして、鞠佳がオーバドゥの下着を着けて。ふたりで鞠佳のハメ撮りを見ながら、いっぱいしたよね。鞠佳はあれがいちばん好きなんだ？　ふふっ、わかった。いっぱいしようね」

「ああもう！　ぜったい楽しんでるでしょ、絢！」

誤解なのに。

怒ったように言うから、絢はそんな鞠佳がかわいくて仕方なくてつい笑ってしまったのだけど。もちろんからかわれたと思った鞠佳は「もー！」と声をあげたのだった。

というわけで。

「準備できました。お嬢様」

以前着たものと同様。ヴィクトリアンメイドの格好をした絢が、鞠佳の前にしずしずと姿を現す。

恭しくカーテシーするも、一方で鞠佳は、釈然としないご様子。

「これ……。前とちがくない？」

「ふふ、とてもお似合いですよ」

絢は口元に手を当てて、上品に微笑んだ。

今、鞠佳は上下ともに下着姿だ。

それも、いつか鞠佳に着てもらおうと、絢が購入していたベビードールと呼ばれる類いの。

バーでのアルバイトの最中、鞠佳からお許しが出たので、絢が購入していたものだ。

「なんか、裸より心もとないんだけど……」

ちらちらと、裾を揺らす鞠佳。

薄布は透け感というよりも、明らかに透け切っていた。身体のラインがはっきりとわかる。

膝上30センチの丈は、かろうじてプライベートゾーンを覆っているものの、なにも隠せてはいない。ショーツは身に着けているが、それだってローライズなTバック。

絢は目を輝かせた。

「ほんとうに、お美しいですよ、お嬢様」

「……だから、敬語使わなくていいってば」

鞠佳のもつ性的魅力に、アクセントをトッピングする装い。まるでたっぷりとフルーツと生クリームのデコレーションされたホールケーキだ。

彼女がありのままの姿でも美しいのはまず間違いないけれど、こういうのもすごく、悪くない。芸術品みたい。

「鞠佳」

「……んっ」

後ろから腰を抱く。柔らかな肌触り。肉の弾力に、指が押し返される。

首筋に顔をうずめて、匂いをいっぱいに吸い込んだ。少し汗ばんだ鞠佳は、途方もなく芳醇(ほうじゅん)な香りがした。

「それで、ここから先は、どうしてほしい？　鞠佳お嬢様」

「え、っと……」

「こないだみたいに、また、爪(つめ)をお手入れする？　それとも……」

絢の手が、高級ベビードールの生地(きじ)越しに、鞠佳の背中を滑る。

背筋を撫であげられて、鞠佳がびくっと震えた。

「それとも、もう、ガマンできない？」

「……」

押し殺しているけれど、鞠佳の息はすでに荒い。

鞠佳は前屈みになって、絢の手に、手を添えてきた。

「……ほんとに、なんでもいいの？」

念を押すように尋ねてくる、最愛のお嬢様。

「もちろん。ごほうびだもん」

絢は手を前に回す。膨らませたばかりのビーチボールのように、形のいい胸に手を添える。持ち上がった肉の、下部分を指で撫でる。輪郭をなぞるみたいに。

下から横へ。脇（わき）にかけてのラインを、何度も往復する。ときどき山の中央へと登るようなそぶりを見せて、すぐに引き返す。

じんわりと熱がわだかまり、鞠佳の肌がさらに艶（つや）を帯びた。

耳元に唇を寄せる。

「鞠佳、すっごくかっこよかったから……なんでも、してあげたいの」

「あや……」

鞠佳の唇から、吐息がこぼれる。

「そのためにやったわけじゃないって、ちゃんとわかっているけど。でもね、嬉しかったよ、鞠佳。だから、私にも鞠佳のために、させて」

かりっと、先端を指でひっかく。

「んんっ――――」

鞠佳はとっさに口を閉じて、喉（のど）を鳴らす。

下着の裾が揺れて、目を誘う。

ヴィクトリアンメイドに後ろから抱かれた、下着姿のお嬢様。まるで、夢のような光景。

「ねえ、鞠佳。どんな風に、されたい？　鞠佳お嬢様のしてほしい方法で、おもいっきり愛してあげるから。教えて、お嬢様」

何度も何度も、かりかり、かりかり、と。

きれいに爪を短くしてある絢の指から与えられる刺激は、それほど強くはない。

だけど、その程度の刺激でも、耳と胸から与えられる官能的な心地よさに、鞠佳の腰はすっかりと震えている。

絢は丁寧に丁寧に、鞠佳の社会性を一枚ずつ、剝ぎ取ってゆく。

欲に逆らえない獣が、徐々に、顔を見せてきた。

「あたしはぁ……」

立ったまま胸をいじられ続けた鞠佳は、絢の手に支えられて、ベッドに腰を下ろす。

床にひざまずいて、そんな鞠佳を見上げる絢。

鞠佳の瞳にともった情欲の火は、いまだ薪が足りず、くすぶっている。

だから絢は仰々しく頭を垂れ、鞠佳の足の甲にキスをした。

「おねがい、鞠佳。私にも、命令をして、お嬢様。どんなことでも、してあげたいから。ねえ、鞠佳」

お嬢様の情けを頂戴するために、へりくだったメイドの、浅ましい言葉。

「お嬢様が命令してくれないと、私、なにもできないよ。こんなにしてあげたいのに、してあげられないから。お願い、鞠佳。私のために、言って」

ここしばらく、絢を責めたがっていた鞠佳には、それがあまりにも効いた。

表情が、変わる。

鞠佳は恥じらいをまた一枚、脱ぎ去った。目に見えないヴェールが、床に投げ捨てられる。

ベッドに腰かける鞠佳は、熱に浮かされたような顔をして。

「だったら、絢……。なんでも、いいなら……」

お嬢様が、まるで見せびらかすように。

ゆっくりと、白い脚を開いた。

無意識に口の端をつりあげる鞠佳に、絢の心臓の鼓動が跳ねあがる。

淫靡(いんび)な雰囲気に呑(の)み込まれてゆく。ああ、たまらない。

「……舐(な)めてよ、絢。あたしの、メイドさん」

最高にかわいらしい、私だけのご主人様。

絢は濡(ぬ)れた瞳でうなずいて、手を伸ばす。

「はい、お嬢様」

鞠佳が腰を浮かせてくれた。ショーツをするすると引き抜いてゆく。

鞠佳がその目で『早く』と絢を急(せ)かす。

足首にひっかけた下着をそのままに、絢は鞠佳のももに手を置いた。

「それでは、失礼いたします」

お嬢様の、そのベビードールの中へと、頭を潜り込ませる。

欲望の塊に、口づけをする――。

「――あぁっ！」

鞠佳の身体が震えた。

「ちょっ、や、絢っ……きもち、いい……っ」

たっぷりと胸を焦らして高まっていた鞠佳の熱を、おもいきり貪るように。

絢は鞠佳の下腹部を、何度も舌でついばんでゆく。

その周りを舐めあげて、上下に、左右に舌を揺れ動かす。お嬢様の大切な宝石を磨き上げるように丹念に、丁寧に、忠誠と愛情を込めて。

「あ、あやっ……。い、いいよ……。いい……っ」

自分が命令して、させているという立場だからか、鞠佳は珍しく素直に快感を口に出していた。絢が伸ばした手を取って、指と指を絡めてくる。

行為を繰り返すたびに、ぎゅっぎゅと絢の手を握り返してくる。

「ソコ、いい……。好きっ……。あや、だめっ……。音、しちゃうから……っ」

そんな風にたきつけられたら、絢だってもう止められない。

お嬢様の奏でる至上の音楽を浴びながら、ただ没頭する。

舌でするのは、その後にキスができなくなるから、あまり好きではなかった。唇の周りが濡れるのも、不快感があって苦手だ。そのはずだった。だけど、鞠佳は終わった後も気にせずキスしてくれたし、なによりもこんなにも悦んでくれる。

これもまた、鞠佳によって変えられた自分の嗜好だ。

「すご、すごいよ、絢ぁ……。こんなの、すぐ、すぐ、イッ……！」

けいれんする太ももをムリヤリ肘で押さえつける。

鞠佳の手が絢の頭をぎゅっと摑んだ。些細な抵抗を踏み荒らすみたいに、絢は一心不乱に鞠佳へのご奉仕を続けて、そして。

「イッ………っ」

身体を丸めて、鞠佳が全身をこわばらせた。

強い衝動が跳ね回る。いつもよりずっと、深く達したみたいだった。

硬直した全身の筋肉が、ゆっくりと弛緩してゆく光景を見るのが、絢は好きだった。握りつぶしたぬいぐるみが元に戻ってゆくようで、暴力的な愛が満たされてゆく。

「はぁ、はぁっ、はぁ……」

止まっていた呼吸が再開して、鞠佳が息継ぎを繰り返す。

後戯のつもりで音を立てて口づけをすると、不意打ちされた鞠佳がびくんと震えた。

「お嬢様、きもちよくなれた？」

わかりきったことを聞いてくるメイドに、お嬢様は身体の熱を放出するみたいに答えた。

「……うん、すっごく、よかった……」

「……♡」

ため息交じりにそう漏らす鞠佳は、まるでメイドよりもよっぽど従順な少女だ。

行為の最中、求められて感想を言わされることはあれど、鞠佳から進んで告げてくることは、今までほとんどなかった。絢の前、大胆に足を開くことだって。

役を演じているという非日常感が、鞠佳の心を解放しているのだろう。

（これが積み重なれば、今よりもっとえっちになっちゃうね、鞠佳……♡）

胸の内でつぶやいて、鞠佳の敏感になったももを撫で回す。

「んっ……ふぅ……ふぅ……」

鞠佳はぼんやりと瞳を揺らしながら、絢の頭を撫でていた。

経験のない女の子が、まったくのゼロから快感を味わうことは、難しいとされている。

運動神経のようなものだ。きもちよさを感じる器官だって、少しずつトレーニングをして、その機能を高めていかなければならない。

人それぞれ、感度には激しい個人差があるものの、最初からオーガニズムに達することができる女子なんて、ごくごくわずか。好きな人に触れられて嬉しい、心地よいという、当たり前の反応は例外として。

鞠佳も最初は、そうだった。触られてもくすぐったがるだけ。

その代わり、鞠佳は生真面目だった。百万円のかかった勝負の最中ということで、絢の指使いを毎日その身体で真剣に受け止めていた。

鞠佳は新陳代謝もよく、健康的で、さらに個人差という意味では、素質もあったのだろう。すくすくと、芽が出て花が咲くように、鞠佳の身体は開発されていった。

鞠佳自身も、好みの味を舌が覚えるみたいに、すぐにきもちよさの感覚を摑んだ。

そして、そのときの過程のすべてを、絢は覚えている。

どこをどのように撫でこすって、鞠佳がきもちよくなっていったのか。どの部分が敏感で、どの部分がいちばん好きか。鞠佳の器官を目覚めさせたのは、絢なのだから。

……もしかしたら、鞠佳が自室で自分の手でなにやらをしていることもあるのかもしれないけれど、でも、おおむねは絢だ。

だから絢は、鞠佳をいとも簡単にきもちよくさせることができる。

他の誰でもなく。

女の子に快楽を与えることが、生まれながらに得意だったのかどうかは、もう今となってはわからない。ただ、鞠佳を自分以上にきもちよくさせられる人はいないだろう。その絶対的な価値だけは、これから先も一生失うわけにはいかない。

だから、鞠佳にはもっともっとエッチになってもらわないと、困るのだ。

絢に永遠に溺れてもらわないと、いけない。

鞠佳に、求め続けてもらうために――。

「お嬢様、少し休んだら、また、再開しましょうね」

内ももをさすってあげる。鞠佳に言ったら嫌がられるだろうけれど、付き合い始めた頃より肉付きがよくなった気がする。肌触りもよく、なにより鞠佳の変化を自分だけが味わえているのが、嬉しい。

「……うん……。もう、だいじょうぶだよ」

鞠佳が絢の髪をすく。

「だって、きょうは、わがままになっても、いいんだもんね……？」

「うん」

ちゅ、ちゅ、と音を立てて膝にキスをする。

好きを伝えるみたいに。あるいは、媚びへつらうように。

「ぜんぶ、ぜんぶ鞠佳のいうとおりにしてあげる」

「あたしへの、ごほーび、だもんね」

「そうだよ。鞠佳にはね、世界でいちばん自分がしあわせなんだって、おもってもらいたいんだから」

「そんなの」

言葉の途中で、絢は顔を動かした。一度達して、とろとろに熱くなった箇所へ、秘めやかな口づけを交わす。鞠佳の声がはねた。

「あっ、んっ……。そんなの……。絢にされてるとき、いっつも、思ってる、よぉ……っ」

その言葉は嬉しい。本当に嬉しい。

「だいすきだよ、鞠佳」

「はぁぁっ♡」

強く吸いつくと、鞠佳はたまらなそうに声を漏らす。

愛する少女に尽くされて幸せな彼女と同じように、絢も幸せだった。

自分の奉仕で、鞠佳が気持ちよくなっている。それは時に肉体が気持ちよくなるよりも、よっぽど満たされる精神の絶頂を絢にもたらすから。

「鞠佳にご奉仕するの、すき。何時間でも、できちゃう」

「それはぁ……あたしが、し、しんじゃうかも……♡」

「ふふふ」

「ひぃ……ひゃぅ……♡」

ふぅと息を吹きかけると、鞠佳がびくりと敏感に悶えた。

「死んじゃうのはだめだけど、でも、どうにかなっちゃうぐらいは、大歓迎だから」

「うぅ……うん……」

あまり強くはせず、敏感な部分の周辺を舐めほぐす。

ほんとは鞠佳が、こういう風に絶え間なく優しい刺激を与えられるのがいちばん好きなんだって、絢は知っている。

いつまでもママの腕に抱かれて、あやしてもらっているように、鞠佳は陶酔の表情を浮かべていた。

「はぁ、あぁ……あやぁ……。好きぃ……」

幸せそうに吐息を漏らす鞠佳。

痛いぐらい強い刺激にだって過敏に反応する鞠佳だけど、強いのは怖いから。安心させてもらいながら、徐々に丁寧に導かれてゆくのが、鞠佳は大好きなんだ。

ただ、鞠佳は欲張りだから、それだけじゃ満足できないときもあって。そろそろ強くされたいのかな、一気に上り詰めたいのかなって見極めてあげるのも、絢の大事な役割。

顔色を窺(うかが)わなくたって、身体がひくひくとサインを出してくるから、すっごくわかりやすいのだけれど。

サインは他にもいろいろあって、太ももがぷるぷる震えたり、ぎゅっと足指に力が込められたり。腰が小刻みに前後に揺れるときなんかは、貪欲(どんよく)に指を呑み込みそうなぐらい限界ギリギリになっちゃっているから、そのときは絢も思いっきりしてあげる。

気づいているのにしてあげないこともある。ただ、焦らされた鞠佳はとってもかわいいし、おねだりさせられて目に涙を浮かべる鞠佳は、実は本人もその屈辱感を性的快感に結びつけていたりする……というのは、きっと鞠佳は認めようとはしないだろうけど。

「お嬢様、どうですか？　ちゃんときもちよく、なれてますか？」

「うん……。でも、あの……」

ぜんぶわかってる。わかってて、絢は鞠佳に言わせたいのだ。

「もうちょっとだけ、強く、してほしくて……あっ、あぁっ」

きょうの鞠佳は、ずいぶんと我慢が足りないみたい。

きもちよくしてもらえるってわかっているから、遠慮がなくなっているようだった。こんな鞠佳は新鮮で、やっぱりかわいい。

お望み通り舌の動きを速くして、吸ったり舌先でつついたり。動きに変化を加えながら、勢いを強めてあげる。

すると鞠佳は、待ち望んでいたものがきた喜びに大きな声をあげながら、すぐにその身体を震わせて達した。

「～～～♡」

普段、自分をリードしてくれてなんでもできる鞠佳が、こと行為中に限っては、すべて絢の思い通り。仔犬（こいぬ）みたいに鳴いて、すがりついて、甘えてくる。

こんな子は他にいない。どこにもいない。

恋なんて、片思いの最中がいちばん相手がよく見えると言うし、付き合って一年も経てば相手の嫌なところだって多少は目につくものだろうに。

鞠佳は違う。鞠佳のことは、どんどん好きになってゆく。

付き合い始めた頃より、今の鞠佳が好きだ。

それは、鞠佳が日々成長していって、変わってゆくその美しい姿をいつも絢に見せてくれるから。

絢にとって鞠佳は、あまりにも、眩しすぎるから。

「すきだよ、あや……。あたしも、あいしてる……」

呼吸を整えながら愛の言葉をささやく鞠佳を。

身を起こした絢は、その頭を抱きしめる。

「とっくにね……私も、鞠佳に、徹底的に落とされているんだよ」

鞠佳が幸せそうに笑う。

「そんなの、知ってるもん。でも、それなら、もっともっと、なんだから」

絢の胸が、ちくりと痛む。

「これ以上されたら、鞠佳がいなくちゃ、生きていけなくなっちゃうかもだよ」

不安はあった。いまさらだ。とっくに、鞠佳がいなくちゃ生きていけない。

嫌われないように、別れを切り出されないように、鞠佳のために都合のいい自分になっていってしまって。そうして弱く変わってしまった自分は、鞠佳の好きだった自分ではなくなり、やっぱり鞠佳に嫌われて。

そんな風に、怖い想像だけが、膨らんでいった。

適度な距離を保って、重さを押しつけないように心がけて。

鞠佳には鞠佳の人生があるからと自分に言い聞かせて、代わりにふたりっきりのときには思う存分に優しくしてあげて。それが恋人同士の上手な付き合い方だと、納得したフリをして。

なのに結局、カミングアウトされたら嬉しくて。

矛盾ばっかり。

絢は、鞠佳を傷つけたくないと言いながら、やっぱり自分も傷つきたくなかったから。

いつか鞠佳と別れるかもしれないその日のための準備を――。

――ずっと、ずっと、続けてきた。

『逆に、大人のほうこそ心が弱くて』なんて、鞠佳にしたり顔で言ったのに。

あんなの本当は、自分のことだ。

今が特別で、今が夢のような日々だと思い込んでいれば、いつか現実に戻ったときだって絶望せずに済む。

ただ甘い夢を見ていただけ。そう自分を騙（だま）しておけば。

鞠佳のいない人生を、歩んでいけると思ったから。

「そんなの……絢がいなくちゃ生きていけないのは……あたしだって、そうだよ」

ベビードールに包まれて、お姫様のようにきれいでかわいらしい恋人が、口を尖らせる。

「あたしだってとっくに、そうなってるもん……」

鞠佳はそんなことない、って思うんだけど。

でも、絢の否定の言葉を察した鞠佳が、頭を撫でてくる。

「それは、あたしが要領よく見えるからでしょ。あたしが毎日、どれほど絢のこと考えてると思ってるの……」

「……たぶん、いっぱい」

「そうだよ、すっごくいっぱい」

頬をつままれる。

「あたしも、絢も、お互いがいないと生きていけないって言ってるんだったら……。もう、それだったら、ただのシンプルなお話になるでしょ」

照れ隠しのつもりで、絢は思ってもいないことを口に出す。

「でも、事故とか」

「う、それは」

鞠佳は困ったように眉根を寄せる。

「そのときは、すごく悲しいと思うけど……残った方は、ちゃんと幸せになろう」

「……うん、わかった」

うなずいておきながら、もし本当にそんな日がきたら、自分はいつまでも独りのままで過ごしそうだな、と思う。

鞠佳は、どうだろう。でも、きっと鞠佳なら大丈夫だ。しばらく落ち込んで、それから新しい出会いを経て、いい人を見つけてほしい。自分以上の相手になかなか巡り会えないと悩む鞠佳のことも、見てみたかった。

「って、今はそういう話をしたいんじゃなくて」

「うん」

「あたしも絢のこと、大好きだって、こと」

鞠佳はさすがに恥ずかしそうに言い放って、キスをしてきた。

「……うん」

だから、つまりは。

お互いにどれだけ勇気を出して、前に踏み出すことができるか。

相手のために、自分を変えられるか。

そんな強さを、鞠佳は絢に、いつだって示してくれていたから。

「ご褒美」

そう口に出す。

「え？」

首を傾(かし)げる鞠佳に。

「鞠佳がほしいものを、ちゃんと、あげるから」

立ち上がった絢は、髪をまとめていたゴム紐(ひも)を取って、メイドの服を脱いでゆく。

足元に一枚ずつ落ちてゆく衣服を畳みもせず、鞠佳の前で一糸(いっし)まとわぬ姿になった。

「絢？」

戸棚を開く。

その中から取り出した包み。

「それって」

フィンドム。

「うん」

あのときできなかった、その続きを。

「だいすきだよ、鞠佳」


するすると透明なゴムを巻きつけた中指を見せて、絢はベッドにあがった。

お嬢様とメイドではなく、恋人として、鞠佳の隣に寄り添う。

「あ……」

鞠佳は心を奪われたように、絢の指を目で追いかけている。

バレンタインデーの日、絢は失敗した。

結ばれたいと願う恋人の言葉に、応(こた)えることができなかった。

絢は、変わることが、できなかった。

鞠佳の下着を脱がす。ふたりは生まれたままの格好で重なり合う。

組み伏せられた鞠佳が、期待に満ちた眼差(まなざ)しで絢を見上げる。あのときと同じように。

「鞠佳」

「うん……♡」

あのときとは、違う。

美しい榊原鞠佳を、最後の最後で汚すことができず、絢の心はへし折れた。

鞠佳はあまりにも光の側にいて、自分にはもったいない少女だと、思ってしまった。

彼女が、いつか本当に大好きになった人と結ばれるのなら、それもいいと。

学生時代の恋なんて、いつかは潰(つい)えてしまうものだから。

心に予防線を張っていた。

傷つくことが怖かった。何度も幸せにすると誓ったはずなのに、守れなかった。鞠佳と別れた後の人生はきっと惨(みじ)めすぎて、絶望に身がすくんだ。

その境界を踏み越えたら、もう二度と戻れない。幸せと闇(やみ)の狭間で、絢は前にも後ろにも動けず、ただ狼狽して、そして涙をこぼした。

こんなにも、こんなにもずっと、愛してもらっていたのに。

絢は、鞠佳にキスをする。

「愛している、鞠佳」

「あたしもだよ、絢……」

ようやく、わかった。

自分のやるべきは、自分を守ることじゃない。

どんなことをしてでも、鞠佳の心を繋ぎ止めること。

思えば、最初からそうだった。

百万円で鞠佳の身柄を買い取ったのだって、あらゆる手を尽くして彼女を手に入れようとしたからだ。途中で怖気づくぐらいなら、はじめから光に手を伸ばすべきではなかった。

そして、一度手を伸ばしたのなら。

最期まで、この最愛の少女を、徹底的に落とし尽くす。

それだけが、絢のやるべきことだったのだ。

鞠佳の中は、二度も絶頂を迎えて、もうすっかりと滑りがよくなっていた。親指でまさぐり、さらに蜜をまぶしてゆく。

鞠佳は唇を嚙んで、嬌声をあげまいとしていた。そこに、優しくキスをする。

「ちゃんと聞かせて、鞠佳の声」

「は、はずかしいんだけど……」

「一生に一度だけの、機会だから」

処女かそうではないかをわける特有の膜は、あくまでも粘膜のひだの有無でしかない。それさえ、産婦人科医の目で見ても確認できないケースが多数だ。

だから、指を深く奥に突き入れたとしても、実際どうなるかと言えば、ただ狭い中をわずかに圧迫する程度の話でしかないかもしれない。

ただ、行為に意味をもたせるのは、いつだって想いだった。

ファーストキスのように。鞠佳が繋がりをほしがって、そうされたいと鞠佳が願っているのなら——その行為に、鞠佳が意味を与えるのなら——絢は彼女の想いを叶えるだけだ。

それもこれも、すべて、鞠佳が勇気をくれたから。

「いくよ、鞠佳」

「うん……」

並んでベッドに横になった絢は、ゴムを巻き付けた中指を。

ゆっくりと、ゆっくりと、沈めてゆく。

「鞠佳」

「……んっ……」

硬く目をつむった鞠佳が、眉根を寄せたまま、笑みを作る。

「だ、だいじょうぶ……。へーき、だから……」

「うん。ゆっくり、するからね」

「ありがと……♡」

痛いほどに締め付けられながら、絢はさらに指を奥へと進める。

「どう？　息、できる？」

「う、うん……。入ってる感じ、するけど……。そこまで、痛くない、かも……」

「むりしないでね」

「ぜんぜん、へいき……。うん……なんだろ、あたし……。まるで、絢のこと、まってたみたい、だから……♡」

笑みを浮かべる鞠佳が、誰よりも愛おしい。

頭を抱きかかえ、口づけをして、そうして、指をさらに。

「もうちょっと、あとちょっとだよ、鞠佳」

「うん……っ♡」

中指を、根元まで、挿入しきった。

「つながったよ、鞠佳。よく、がんばったね」

「………」

絢が見つめると、鞠佳は長い長い、息をついた。

「はぁぁ…………。絢、あたし、あたしね……」

鞠佳の瞳から、はらりと涙が、こぼれた。

「やっぱり、いたかった？」

「ううん、違うの……。でも、なんだろ、わかんない……。だけどね、絢のこと、ほんとに好きって気持ちが、あふれてきちゃって……」

鞠佳が、強く抱きついてくる。

「ずっと、一緒にいようね、絢」

指に熱さを感じながら、絢もまた、うなずいた。

「うん、ずっと、一緒だよ」

そう返すと、なぜだろう。

絢もまた、泣いてしまった。

「好きだよ、鞠佳」

でも、その涙は前とは違う。

自分の弱さに、愚かさに、流した涙とは違う。

これは、ただ目の前の少女が大好きで、愛しくて、こらえきれなくなった幸せの欠片が、内側からあふれてきたのだ。

「大好き、絢」

ただこれだけのことで、こんなにも胸がいっぱいになるのなら。

「……百日間で落としている最中に、しておけばよかったね」

「それはぜったいまだ痛いでしょ⁉」

鞠佳が悲鳴を上げる。

涙を拭って、絢は微笑んだ。

「よかった。今はほんとにいたくないんだ？」

「え？」

鞠佳のことだから、気を遣って『大丈夫』『痛くない』と言っていたのではないかと、心配していた。だけど、鞠佳は本当に平気そうだ。

「で、でも、違うからね。他の人としてたとか、自分でとか、そういうわけじゃ、ないからね。絢が、その、あたしのことえっちにしたせいだからね！」

「ふふふ」

指をぴくりと動かしてみる。

「あっ……♡」

鞠佳が全力で口を手で覆った。

「ちょ、ちょっと、恥ずかしい声、出ちゃうから……！」

顔を真っ赤にする鞠佳に、ささやく。

「このぶんだと……。これからまだまだ、鞠佳のこと、いっぱい調教できそうだね」

「ど、どういう意味……ひゃっ♡」

また小さく指を動かすと、鞠佳がかわいらしく鳴く。

今はまだ、異物感に恥ずかしがっているだけだ。今はまだ。

「ナカでも、いっぱい鞠佳のこと、きもちよくしてあげられる……ってこと」

だって、他の誰でもなく。

鞠佳をいちばん気持ちよくできるのは、自分なのだから。

鞠佳に、求め続けてもらうために――。

「……う、うん♡」

鞠佳は、恋に満ちた瞳で絢を見つめて、言う。

「ふつつかものですが……これからもいっぱい、あたしのことかわいがってね、絢」

こうして、鞠佳は『結ばれた』という強い実感を覚えた。

カミングアウトのご褒美としては、これ以上ない思い出になるだろう。

だから、ここから先はエピローグのようなもの。

絢が知ることはない、鞠佳の物語。
自分の居場所を守るための鞠佳の戦いは、まだ始まったばかりだった。

第一章

あたしは、ビニール傘越しに、灰色の空を見上げる。

カミングアウトの、その翌日。

天気はどんよりとした霧雨。

花粉症のあたしにとって、春はあけぼのではなく、断然、雨天だ。

空気中を漂ってる花粉が、雨に叩かれて地面に落ちてくるから、舞い上がった花粉を吸い込まずに済む。つまりは、花粉症のダメージが軽減されるのだ。

といっても、屋内の花粉はあったりするわけで、花粉症対策の一切が必要ないってわけじゃないけど。なんなら雨降りの翌日に晴れたりすると、杉が前日溜め込んでた花粉を一気に飛ばしてくるから、それはほんともう最悪。

恋人に一日会えないぐらいで寂しい寂しいと連呼するバカップルじゃないんだから、わきまえてほしい。たった一日花粉を飛ばせないだけで、翌日がんばるんじゃないよ。

まったく……。下駄箱で傘を畳んで、傘立てに乱暴に突き刺す。

ワイヤレスイヤホンを外してポケットに押し込む。ざわざわと喧騒が戻ってきた。

「うぐ」

下駄箱で靴を履き替えようとしたところで、突如として下半身の筋肉痛に襲われた。

患部は、内もも辺り。思わずぎくしゃくと立ち止まる。

原因は……まあ、その……。体が無意識に異物を排除しようと、ぎゅうぎゅうに締めつけてしまったから、かな……。

昨夜の絢との、ごにょごにょで……。

っていうかこれって、処女を卒業した後によく聞く話じゃない!?　なんか、ほら、そう言う感じのやつ！

やば、急に実感がわいてきた。

股の間の異物感とかはないけど、それは初体験が指だったからか、あるいはあたしがそういうタイプだったからなのか。いや、絢が優しくしてくれたからっていうのもあるかも。

なんか、この状態で教室行くの恥ずかしくなってきたな！

お母さんのよく聴いてた歌に、口づけを交わした日はママの顔も見れなかった、みたいな歌詞があったけど、今まさにそういう感じ。

どうしよ、あたしなんか挙動不審じゃない……？　おどおど。

「おっはよ！　まりか！」

「うわあ！」

　後ろから大きな声をかけられて、あたしは飛び上がりそうになった。脚（あし）が痛い！

　振り返ると、ニコニコの悠愛（ゆめ）――三峰（みつみね）悠愛がいた。

「お、おはよ、悠愛……」

「うん！」

　小動物系女子である悠愛はあたしの友達で、さらに女の子と付き合ってる子だ。

　直接聞いたことはないけど、おそらくあたしよりずっと先に進んでるのだろう。ユビとか、もう余裕なのかもしれない……的な。こんなにカワイイ顔をしてるくせに、夜はケモノって話だからね……って、友達でなに考えてんだあたし！

　悠愛はさらにニコニコとして、あたしの袖（そで）をつまむ。

「一緒に、教室行こ！」

「う、うん。そうだね、いこう……」

　のろのろと靴を履き替えると、悠愛は立ち止まったままあたしを見つめてた。

「な、なに？」

　まさか、まさかバレてるわけじゃないよね……？

　いや、だってそんなの、見ただけでわかるわけないじゃん！　昨日あたしがめちゃめちゃスクワットがんばったのかもしれないし！

　内心の動揺を押し隠し（隠せてないか⁉）ながら問うと、悠愛はぷるぷると首を振る。

「あ、ううん。えっとー……。そのー、昨日のきょうだから、さすがに、まりかも教室にひとりで行きづらいかなーって」

「え?」

あたしは問い返す。

悠愛は、あわわと両手を振った。

「そ、そんなだからって別に!　まりかが学校に来るのを待ってたわけじゃないんだからね!　かんちがいしないでね!」

なんかよく聞くようなセリフを吐く悠愛に、あたしはぜんぜんよくわかんないけど、とりあえずノリを合わせる。

「待っててくれたんだ。え、優しいじゃん」

「まーねー!」

あ、これ……。あたしが昨日、カミングアウトしたから、ひとりで教室に入るの気まずいと思われてたってことか……!　思い当たる。

そうだ。確かに家を出るまではちゃんとそう思ってた。途中からやけに歩きづらいことに気を取られて、すっかり忘れてた……。恋愛脳すぎる。悠愛のこと言えない……!

開き直った悠愛は、胸を張って背を反らせる。

「そしたら案の定、まりかが下駄箱のところでもじもじしてたからさ!」

「え？　う、うん！　そうだね！」

あたしはそういうことにしてしまった。

案外いくじなしのところがあるって思われたほうが、処女喪失の違和感に戸惑ってたなんて広まるより、百万倍マシだから……！

それはそうと、悠愛、あたしのこと心配してくれてたんだ。なんか、嬉しいな。

「悠愛はいい子だねえ」

「そりゃーね！　急にあんな大胆な告白するもんだから、あたしもちーちゃんも、すんごくびっくりしたんだよ」

「ああ、うん、絢もびっくりしてた」

「他人事みたいに！　ま、うん、すごいまりからしいって言えば、まりからしかったけど！行動力とか！」

「はは、そうかな」

なんか、やっぱり、学校では照れる話題だ。

これから一億回ぐらい言われるだろうから、慣れなきゃいけないんだろうけど。

ただ、この話をする第一号が悠愛で、よかった。ごまかしたり、取り繕ったり、茶化したりせずに済む。悠愛はあたしのこと、わかってくれてるから。

「気遣ってくれて、ありがとね、悠愛。今度、なんかオゴってあげよう」

「そういえばサマンサタバサのバッグの新色が」

「高い高い高い高い」

くだらないことを言い合いながら、教室へと向かう。

いつもの態度を貫いてくれる悠愛が隣にいるから、筋肉痛も気まずさも、どっちも気にならなかった。

ただ、廊下を歩いてると、なんだろうか、違和感。

やたらと、視線を感じるような……。

「まりか？」

「あ、ううん。雨だから髪がへたっててヤだなーって」

「わかるー」

やがて、ちょっとずつ教室が近づいてくる。

「おはよー」と悠愛が先に入っていった。

あたしも、表面上はいつもの調子で、「おはよう」と教室に足を踏み入れる。

すると、だ。

……、ここ、ほんとにあたしのクラスだっけ。

他のクラスの生徒が遊びに来たような、異分子を迎えるような、じゃっかんのアウェー感。

昨日までと、肌触りの違う視線。例えば、喫茶店で飲み物をこぼした人に向けられるような、そんな目つきのような。

……なるほど。

こういう『空気』になるわけね。

あたしは席に向かう。しとしとと降り続ける雨音が、やけに大きく聞こえる。

絢と付き合っているんだよ、っていうカミングアウトは、さすがにまったくの無味無臭に終わるってことは、ないみたいだ。

しかし、こんな露骨に、わかるものなんだね。

あたしは極力気にしないように振る舞うことにした。

もともと、そうするつもりだった。ここであたしがヘンに気後れしてたら、まるで後ろめたいことがあるみたいだもん。

だから、ヘッドフォンをかぶるみたいに、外界の視線を一段階シャットアウトすることにした。わざと自分の感度を鈍くすれば、周りも気にならなくなる。……まあ、完全にそうするのは難しいけど、そういうつもり、ってことで。

机の上に、いつもの花粉対策グッズを並べてゆく。

「ねえねえ、そういえばめちゃめちゃいい動画みっけちゃってさ」

リュックを置いた悠愛が、すかさずあたしの机にやってきた。

悠愛が見せてきたスマホの画面を「へー」と覗(のぞ)き込む。

あたしをひとりにしないために、ちょこまかしてくれる悠愛、愛(いと)おしいな……。昨日、絢と結ばれたという最高の精神状態のせいか、人の善意に弱くなってる。今なら子どもががんばる映画とかで、チョロく泣けちゃいそうだ。

やがて、徐々(じょじょ)にクラスに人が増えてきても。

あたしと悠愛の周りに人は増えなかった。

本当はたぶん、注目を集めすぎて逆に腫(は)れ物扱いされてると思うんだけど……感覚的には、なんだか地味で目立たない女子生徒になったような気分だった。

クラスの喧騒が、一瞬、止まる。

ん……？

教室のドアを見やると、そこに立ってたのは、絢だった。

「あ」

まるでただひとりランウェイを歩くファッションモデルみたいに、世界の時を止めて、絢が堂々と教室を横切ってゆく。

その姿は、あたしと付き合う前の絢を思い出させた。

誰(だれ)の空気にも染まらず、自らで空気を作ってゆく存在。

孤高(ここう)で、上品。まるで教室の生徒たちのほうが部外者であるかのように。

綺麗だ。

あたしは、心からそう思った。

悠愛が口に手を当てる。

「あやや、おっはよー！」

大きな声が教室に響く。

わっ。びっくりした。絢に見とれちゃってた。

絢もちょっと目を丸くしてから、あたしの席にやってきた。

「お、おはよう、三峰さん。それに」

目が合う。

「鞠佳」

「……お、おはよ、絢」

小さく手を挙げる。自然と、声がちっちゃくなってしまった……。

ハッ。

クラス中の注目が、あたしたちの席に集まってる。

あたしは思わず、いつもの調子で周囲にわめいてしまう。

「って、ただの挨拶だから！　見過ぎだから！」

わざとらしく視線を逸らす子が何人かいて、クラスの様子はムリヤリに正常化してゆく。

とっさに照れ隠しが出てしまった……。マスクの中、熱くなった頬を自覚しながら「まったく、まったく」とつぶやく。悠愛が笑ってた。

「まりか、かわいい」

「やめなさい」

「鞠佳はずっとかわいいよ」

「あんたはもっとやめなさい！」

あたしの周りだけ、これまでとなにも変わらないみたいだった。

調子狂う。別にそれが悪いってわけじゃないけど……。

「鞠佳、体調はへいき？」

「え⁉　いや、万全ですけど⁉」

絢の問いに、あたしは全力でのけぞるところだった。

学校でなにを聞いてくんの⁉　周りに人いっぱいいるんだよ⁉

昨日のきょうでどんだけ大量の燃料を投下する気なのか。

「そう？　ムリしてない？」

「してないしてない！　一生で一度もしたことない！」

あたしは内ももの筋肉痛を脳から追い出しつつ、叫ぶ。

信じられない。女の子同士だからって、バレないわけじゃないんだからね⁉　心配してるよアピールするなら、メッセージとかでこっそり聞いてきなさいよ！

ああ、焦った焦った。

絢のきょとんとした顔もまた綺麗すぎて、ドキッとしちゃうから、ムカつく暇もない。

女同士の関係性にも高嶺の花っていうのがあるとしたら、それはきっと不破絢みたいな子を指すんだろう。

おしゃべりの大好きな女子が子どもっぽい、と一概には言えないと思うけど、絢の超然とした口数の少ない佇まいは、同年代と比べても圧倒的に大人びてる。グループ全員で私服に着替えて年齢当てクイズとかされたら、少なくとも絢と悠愛を同い年だと言う人はいないだろう。

実際、絢はめちゃくちゃ頭もいいし、あたしの知らないことをたくさん知ってる。運動神経だったらあたしも負けてないと思うけど、絢はそれに加えて武道の経験があって、大の大人にだって負けはしないようだ。

顔立ちがあまりにも整ってて、油断してるときに視線を向けられると、照れてしまう。絢と目を合わせられないという人は、アルバイト先のバーのお客さんにもけっこういるみたい。

顔と頭と体がよくて、そして性格だって恋人想いの優しい女の子なのだから、どこにも欠点が見当たらない。まさしく大輪の花。そんな子を誰が射止めたかっていうと、それはこの榊原鞠佳なわけで。というか実際はあたしが射止められたわけなんだけども……。

フツーは同性が恋愛相手なんてありえないでしょ、というあたしの常識を見事に打ち砕いた現実離れした美少女は、にこっと頰を緩める。

「そっか。体調がへいきなら、よかった。花粉症のひとは、雨の日だとちょっと楽になるって、ほんとだったみたいだね」

「………………」

「顔を手でおおって、どうしたの？　あ、目がかゆい？」

「ぜんぶわかっててやってるんじゃないでしょうね、あんた……」

「？」

絢はあたしのことに関して鋭すぎるぐらい鋭いくせに、周りに人がいると急にポンコツになる節がある。

どうも集中力が分散してしまうらしい。絢は空気を読むのが苦手だから、そこにかなりのリソースを割いてしまって、他のことに気が回らなくなるみたいだ。

一応、欠点といえば欠点なのかもだけど、普段は完璧な絢がさらす隙はかわいらしいので、結局かわいいのだった……。

「そういえば、知沙希は？　きょう遅いね」

いつも知沙希と待ち合わせて学校にやってくる悠愛に、尋ねてみる。

「あ、うん。ちーちゃんは、風邪で休みだってー。まりかに言いたいこと、いっぱいありそうだったよ」

もはや学校でも最近『ちーちゃん』呼びを隠さなくなってきた悠愛である。

「ぐ、そうか……」

なんとなく、責められそうだな……。いや、いいんだけどね、なに言われても。それが、あたし自身の責任を取るということだから……。

とまあ、ふたりに囲まれたいつも通りのあたしのもとに。

いよいよ、いつもどおりじゃないことが、起こるみたいだった。

「あ！　あの、えと……ま、鞠佳ちゃん」

声をかけられて、振り返る。

「ちょっと、いいかな？」

思い詰めた顔をした柚姫（ゆずき）ちゃんが、そこにいた。

「あ……うん」

こくんとうなずく。

つかの間の平和に後ろ髪引かれながらも、あたしは悠愛と絢に一言告げて、席を離れた。

さて……。ここからは、花粉症だなんだと言ってられない時間だ。あたしもちゃんと、あたしのやるべきことをしなくっちゃ。

あたしは柚姫ちゃんと、人気のないほうへと歩いてゆく。

柚姫ちゃんはさっきからずっとうつむいてて、まるで頭痛をこらえてるときみたい。

彼女――頼永柚姫ちゃんは、三年生になってからうちのグループに顔を出してる女の子だ。いつもぽわぽわと能天気に笑ってて、男の子も女の子も、そうじゃない子も好きな性的指向、パンセクシャルを表明してる。

大きな黒のリボンをつけてたり、地雷系っぽいメイクをしてたり、かなりファッションは個性的。一人称が自分の名前だったりするパンチの強さもあって、無害な雰囲気とは裏腹に、割と癖の強い女の子だ。いい意味でも、悪い意味でも。

あとは、多少、空気の読めないところが……いや、かなり……相当……まあ、ありまして！

あたしがカミングアウトするきっかけになったのも、柚姫ちゃんだ。

とはいえ、別に恨んだりはしてない。言うと決めたのはあたしだし、人間関係を続けていけば、いつかは似たような場面に遭遇しただろうから。

こう言うと柚姫ちゃんをないがしろにしてるように聞こえるかもだけど、柚姫ちゃんみたいな子は、世の中にたくさんいるから。

仲良い子だけとか、感性の近い仲間だけで、いつまでも固まっていられるわけじゃない。その中で、あたしがあたしだけの楽園を作るつもりなら、避けては通れないカミングアウトだったと、今は思ってる。

と、あたしの気持ちは、それなりに落ち着いてたわけだけど……。

柚姫ちゃんのほうがどう思ってるのかは、わからない。

さっきから胸が痛くなるような暗い顔をしてるし、果たして、なにを言われるんだろう。

「えっと、ここらへん、かな？」

「あ……うん」

声をかけると、柚姫ちゃんが立ち止まった。

特別教室の立ち並ぶ廊下。窓ガラスを雨が叩いて、水滴を滑らせてる。

少し、雨が強くなってきたみたい。

柚姫ちゃんは一度視線をあげて、あたしの顔色を窺う。だけど、それからまたうつむいて。

大きく、頭を下げてきた。

「ごめんなさい、鞠佳ちゃん！」

「え？」

「ゆずのせいで。だって、ふたりは付き合ってること、隠してたのに」

そう言われて、あたしはしばらく瞬きを繰り返す。

えっと……。

いや、まさか謝られるなんてぜんぜん想像していなかったっていうか。

握った拳から力が抜けてゆくのを感じて、そこで初めてあたしは、自分も緊張してたことに気づいた。

さっき内心で思ってたことを、そのまま口に出す。

「ええと、別に柚姫ちゃんは悪くないっていうか、言おうと決めたのはあたしだし」

「でも、ゆずが余計なことしなければ」

それは、まあ、そうだけど……。

感情が高ぶってきたのか、柚姫ちゃんの目には涙が見える。

「ごめんね、鞠佳ちゃん～……。そんなつもり、なかったんだ……。ゆずはただ、もっと鞠佳ちゃんと仲良くなりたかっただけなの……！」

これって他の人には、あくまでも自分は悪くないって、柚姫ちゃんが責任逃れをしてるように聞こえるだろうか。

あたしは、そうは思わなかった。

柚姫ちゃんが本心で、自分の行動について謝ってるのが、ちゃんと伝わってきたから。

「ゆず、ばかだから……。あんなに風に、ちゃんと言ってもらわないと、わからなくて……ごめんね、鞠佳ちゃん、ごめんね……」

「……うん」

なるべく、柚姫ちゃんを傷つけないように、言い方に気をつけたつもりだった。

けど、確かに、あの状況なら柚姫ちゃんが自分のせいだって気に病む理由も、わかる。

意外と言ったら失礼だけど……。なんか、柚姫ちゃんがこうしてちゃんと謝れる子だってわかった時点で、あたしはもう優しい気持ちになってしまった。

「でもぜんぜん、あたしは柚姫ちゃんのせいだとは思ってないから」

「鞠佳ちゃん……」

「ほんとに、ほんとに。柚姫ちゃんはただのきっかけで、たぶん、遅かれ早かれ、あたしはあいうこと、言ってたと思うし……。だから、そこまで気にしないで、柚姫ちゃん」

いや、この言い方だとまた誤解されちゃうかな……。柚姫ちゃんのために言ってるわけじゃなくて！　ほんとに、本気でそう思ってるんだけど……！

「でも、だって、教室の雰囲気とか……その、ヘン、だったよね～……？」

「んー……」

あたしは口ごもる。

「ゆずは空気読むとか、よくわかんないけど～……でも、鞠佳ちゃんは人気者だから、たぶん、みんな驚いたと思うし……」

「まあ、そうなのかな……？」

実を言うと、そこがよくわからないんだ。

クラスの女子と女子が付き合ってましたーは実際、どれぐらいみんな気にするんだろ……。

これに関しては、あたしは完全に感覚が麻痺（まひ）っちゃってるので、なんとも言えない……。ビアンバーとか基本、女の子を好きな女の子しか来ないので……！

待って、ちゃんと考えよう。

あたしが女の子同士なんてありえないって思ってた頃に、クラスで付き合ってる女の子がいたら……。

……特には？　別に、人の勝手だし。

いや、本当にか？　自分をよく見せようとしてないか？　これみよがしに聞こえるような声で『女同士とか意味わかんないよねー！』って言ったりしないか？　嫌なやつだな！

わからない。絢と付き合っていなければ、もしかしたらそういう未来もあったかもしれない。

ただ、当事者としては、そう言ってくるやつがいてもおかしくはないよな、とは思う。

彼氏ができたんだよねーって写真を見せられたときに、陰で『えー？　趣味ワルくない？』みたいな話をする子だっているわけだし。

自分たちが『正解』であり、そのレールを歩いてない子を見下してくる輩もいる。個人的感情を正義だと信じて押しつけてくる輩も、いる。ぜんぶほんとうざいけど、いるのだ。

まあ、一歩間違えばあたしもそうなってた可能性はあるけど……。やっぱ、楽観視するわけにはいかないな。

そこで柚姫ちゃんが、決意をたたえた瞳で口を開いた。

「わかった、鞠佳ちゃん……！　ゆずも、カミングアウトする！」

「えっ、なにを⁉」

「ゆずも、女の子のこと恋愛対象に見てるよ、って……！」

「柚姫ちゃんの場合は、けっこうみんな知ってるんじゃない⁉」

あたしは猛然とクラスに向かおうとする柚姫ちゃんの腕を掴む。

「てかこのタイミングでカミングアウトするの、同情っぽくてめちゃくちゃ逆効果だから！」

「同情なんかじゃないよ⁉　だってゆず、鞠佳ちゃんのことをほんとにいいなって思ってたし～！　なんにも知らない人に、鞠佳ちゃんのこと、とやかく言われたくない！」

「わかってるから！　あたしはわかってるから！　だから落ち着いて！」

感情を爆発させた柚姫ちゃんは、空いてるほうの腕を、駄々っ子みたいに振り回す。

「だって、みんなわかってないんだもん！　女の子だって、女の子と付き合っていいんだよ！女の子はふわふわしてて、優しくて、話だって合うし！　みんなも一度付き合ってみたらわかるのに！」

「男子とも女子とも付き合ったことのある柚姫ちゃんが言うと、説得力はあるかもだけど！」

ただ、ほとんどの人は聞く耳をもたないだろう。

あたしがどんなに一理あるって思ってても、その子の認知で正しくなければ、それは正しいことじゃないのだ。だって人間は自分の理解の及ぶ範囲しか、わからない生き物だから。

女の子と一度付き合ってみたらわかるっていうのも、そこで散々な目に遭ったら『やっぱり女同士ってありえない』って思うだろうし。何事も成功体験でのバイアスだよな……って、あたしは遠い目をした。人と人がわかり合うのはむずかしい。

柚姫ちゃんの腕を摑んだまま、努めて穏やかに言う。

「だ、大丈夫だよ、柚姫ちゃんはなんにもしなくていいから。ね？」

「でもでも……」

柚姫ちゃんは、それじゃ気が収まらなさそうだった。エサを目の前で奪われたハムスターみたいに怒る柚姫ちゃんを見て、少しだけ笑ってしまいそうになる。

「なんか、柚姫ちゃんって、そういう顔もするんだね」

「うん～………え～……ゆず、ブスだった～……？」

眉根をいっぱいに寄せて泣きそうな顔で尋ねてくる柚姫ちゃんに、あたしは首を横に振る。

「ううん。むしろ、もっと仲良くなれそうだな、って思った」

ぽわぽわとした印象しかなかった柚姫ちゃんに、こんな激しい感情があるなんて、知らなかったから。

あたしのために怒ってくれる柚姫ちゃんのこと、前より好きになっちゃうのは、仕方ないよね。これに関しては、自分がチョロいわけじゃないと思う！

しかし、柚姫ちゃんは衝撃を受けたように頰を押さえて。

「ええええっ……⁉　鞠佳ちゃん、ブス顔がタイプなの～……？」

「そういうことじゃないなあ！」

「不破さんと付き合ってるのに〜……？　なんで〜……？」

「あたしはどうせ面食いだよ！」

もはや認めてしまおうと叫ぶ。

なぜか柚姫ちゃんが「えへへ、そっかあ〜……」と嬉しそうに笑ってた。……いや、柚姫ちゃんも顔はかわいいけどね？　そういうんじゃないからね。

なんか柚姫ちゃんのペースに巻き込まれて、シリアスが続かなくなってきた。あたしは苦笑いを浮かべる。

「あー、だったら、もしどうしてもピンチになったときにはさ、ちゃんと助けを求めるから。そのときには、味方になるって約束してくれる？　あたしはそれだけで心強いので」

「あ、うん……わかった！　するする、約束する！」

柚姫ちゃんは何度もうなずいた。

「また余計なことは、したくないし……。でも、ゆずはちゃんと鞠佳ちゃんの味方だからね！　信じてね！」

「うん、嬉しい。ありがとう」

にっこりと微笑む。

柚姫ちゃんは、ちょっと頬を赤らめた。慌てて、両手を振ってくる。

「あっ。そ、それに〜！　ちゃんともう鞠佳ちゃんにもボディタッチとか、控えるから！　鞠佳ちゃん、好きな人に誤解されたくないもんね！」

「あーうん、そ、そうだね……。ありがとう……」

それがそもそもの発端だったのに、あたしはなぜか照れてしまった。いやだって、わざわざ改めて言われると……ね？

「あ、ついでに知沙希相手にも、控えてもらえると嬉しいな」

悠愛が柚姫ちゃんにプンスカしてたことを思い出し、告げる。

これで柚姫ちゃんが、悠愛に嫌われる理由もなくなるはずだ。

なんだけど。そう言うと、柚姫ちゃんが目を真ん丸にして、叫んだ。

「鞠佳ちゃん、不破さんだけじゃなくて知沙希ちゃんとも付き合ってるの～⁉⁉」

「違う！」


なんとか柚姫ちゃんの誤解も解いて、ふたりで教室に戻る。

今のところ、表だってあたしに悪口を言ってくるような生徒はいない。

ただそれは、すぐに食って掛かってこないのも、あたしが榊原鞠佳で、クラスの人気者だったからだ。

立場から転落すれば、悪意をもつ人は、きっと増える。だって群れってそういうものだから。

教室の空気は、まだまだ困惑の渦中にあった。

例えば、拒絶の雰囲気が赤で、許容の雰囲気が青だとすれば、常にその二色が混じり合ってて、紫色の気配を漂わせてる状態だ。

できれば今のうちに、あたしからなにか、手を打っておきたい。

というのも、これは声の大きな生徒によってたやすくどちらにも転んでしまう、危うい紫だからだ。

ほとんどの生徒は、まだまだ様子見をしてる。

榊原鞠佳が女同士で付き合ってるって、それアリ？　ナシ？　みたいに。

みんながマルとバツの札を手にしてる。相互監視社会の中、値踏みされてる。

もしかしたら時間が解決してくれるかもしれない。話題が風化して、あたしはなにもしなくても、平穏な学園生活を取り戻せるかもしれない。

だとしても、そんな成り行きに身を任せるような運ゲーより、あたしならもっと勝率のいい手段を取れるはずだ。

クラスの空気を一気に味方にするような、そんな手段。

例えば、あたしたちグループに関係ない、外部からのラッキーな後押しとか。

……まあ、今のところは、なにも思いついてないけど！

でも、きっとある。そのための種まきは、あたしの日常生活の中で、とっくに完了してるはずだから。

そして。

それは、きょうのお昼休み。思ったより早く、訪れた。

なんとなーく、普段よりも肌寒いような、そんなよそよそしい雰囲気の教室に。

「榊原先輩はいますか？」の声がした。

ん？　あたし？

部活も委員会もしてないあたしに、下級生が訪ねてくるなんて、珍しい。

たまたま聞こえたので、取り次いでもらうまでもなく、教室の後ろのドアへと向かう。対応してくれた女の子にありがとうを言って引き取ると、そこにいた後輩の子はふたり。

「あれ？　どうしたの？」

大小の後輩。小さい方が前に立ってあたしを見上げてて、大きい方が後ろでうつむいてた。

片方は以前、バレンタインデーの際にちょっとした縁があった後輩の、祝嶺晴ちゃん。もうひとりは中学時代の陸上部の後輩、杉渕香奈だ。

「あっ、先輩。あの、あのあの」

晴ちゃんは辺りを警戒しながら、口に手のひらを添えて、ささやきかけてくる。

「実は、聞いちゃったんですけど、うち……！」

「ん」

なんとなく予想がついた。

持ち前の積極性を遺憾なく発揮して、晴ちゃんが問いかけてくる。

「榊原先輩、クラスで言ったってほんとですか……？　その、不破先輩と付き合ってるって」

まじかー。

「うん」

内心では『なんで下級生にまで広まってんの⁉』と叫びそうになりつつも、あたしはそれがさもなんでもないことのように、うなずいてみせた。

まだ24時間も経ってないのに！　噂の伝達速度が速すぎる。

後輩の前で取り乱すのは格好悪いよね、の一心で平然とするあたしに、晴ちゃんは「ふぉわわわ」と謎の奇声を発した。

「な、なに？」

ちょっと引く。

「先輩……すごい！」

「え、ええ？」

晴ちゃんがあたしの手をひっつかむ。

「す、すごくないですか先輩⁉　もうヤバ！　ヤバすぎ！　うわーヤバー！」

ぴょんぴょんと飛び跳ねる晴ちゃん。

あたしは急に自分が芸能人になったような気分で、されるがまま。

「ええーと……」

こういうときに率先して止めてくれる香奈は、なぜか停止してるし。あたしはひとしきり晴ちゃんが落ち着くのを待ってから、聞き返す。

「それで、どゆこと？」

「だ、だって、普通はクラスで言えなくないですか⁉　女の子と付き合ってる、って」

「それは、まあね」

とりあえず、うなずく。噂というのは、ゴテゴテにデコられるものと、相場が決まってる。なので、どのように後輩に伝わってるのかはまったくわかんないんだけどね……！

「なのに、堂々と宣言してみせたんですよね⁉　誰にも流されず！　自分を貫いて！　そんなの、もう、かっこよすぎないですか⁉　ヤバ！」

なるほど、そう捉えられてるわけか！

誰も言い出せないようなことをズバッと言ってやった鞠佳先輩！　的な尊敬の眼差しを浴びつつ、しかし後輩の前だからってクラスのみんなに聞こえてるところで、あんまり武勇伝っぽく語るのは嫌みになるだろうし……！

なにこれ！　爆弾処理じゃん！　晴ちゃんに悪気がないのはわかるけどさあ！

バランスにめちゃめちゃ気を遣った結果、あたしはバランスに配慮した爽やかな笑みを浮かべることにした。

「あはは、それはちょっと、いい風に捉えすぎかなー。実際は、カノジョのことを大事にしなきゃって思って、とっさに出た言葉だったから」

「そーなんですか⁉」

「うん。人前で言うのとか、さすがにハズいしね……。だから、不可抗力っていうかさ」

声色や抑揚の付け方にも、心を配る。なにが命取りになるかわからないので……。

っていうか、言いながら気づいた。

これ、合法的にあたしの意図をクラスのみんなに伝えるいいチャンスになるな……。

明らかに、教室の人たちはあたしの言葉に耳を澄ましてる。ここで立ち回りがうまくいけば、教室のカラーを青に染め上げることもできるのでは……。

ピンチと思いきや、これはチャンスだ。

急な勝負どころに、あたしは気を引き締める。

「っていうか今さらかよって話だけど、ほんとはちょっと反省してるんだ。クラスのみんなにも、迷惑かけたしさ」

「迷惑って、なにがですか？」

「いや、なんかいろいろと秩序を乱しちゃったなあ、って」

晴ちゃんは首を傾げる。

　あたしはあくまでも、謙虚のポーズを崩さず。

「ほら、あたしたち今年受験生じゃない。なのに、あたしの周りが騒がしくなったら、みんなも勉強に集中できないっていうかさ」

「ふえー……？　上級生の人は、大変なんですね……」

　晴ちゃんがぼそっと無意識に「北沢生なのに……」とつぶやく。こらこら。確かに北沢高校の生徒は、遊びと自主性を重んじる傾向にある（婉曲な表現）けれども。

　よし、とりあえずはこれで、色恋に興味のない生徒に対しては、ちゃんと弁明ができたはず。誰と誰が付き合ってるとか興味ねーしクラスのパリピだけで勝手にやってろようっせーなって反感もってた人は、ぜったいいただろうから。

　それにあたしだって、なにも演技で心にもないことを言ってるわけじゃない。騒がしくして申し訳ないって気持ちはちゃんとあるし、これはその部分を強調してるだけ。

　まるっきりウソの言葉よりも、ちゃんと人に届く言葉のはず……だ。

　そしてさらに、ここで話を一般論に落とし込んで、共感を得る。

「うん。そもそもあたしは、女の子が好きっていうか、その、不破さんが好きなだけだから」

「えええええ、そこで急なのろけ挟んでくるんですか!?　先輩、かわいすぎですか!?」

　大声ではやし立ててくる晴ちゃん。

　その大きなリアクションに「ちょ、ちょっと晴ちゃんってば……」と、あたしは照れたフリ

をする。そう、照れたフリ。……これはあくまでも、フリですけど⁉

そこで香奈が話に交ざってきた。

「……だったらセンパイは、女の子が好きなんじゃ、ないんすか？」

「それは難しい質問なんだよね、後輩」

あたしは腕組みをしてみせた。

これは、バーでバイトしてるときにもさんざん考えた問題だから、あたしはちゃんと自分の考えを述べることができる。何事もちゃんと、繋がってるのだ。

「今まで、誰かのことを熱烈に好き！　みたいな気持ちになったことなかったからさ。お付き合いするっていうのも、初めてのことだし」

「ええっ⁉　先輩、初恋なんですか⁉　ヤバ！」

あたしは否定も肯定もしない。そう思われたほうが純愛っぽくて味方を増やせそうだからなんだけど、くそう、だんだん素で恥ずかしくなってきた！

「そう、だからね、あたしは自分が女の子を好きかどうかは、まだわからないんだ。まっ、少なくとも香奈相手に思ったことは一度もないから安心して」

「それは……。なんか、ちょっと複雑すけど……」

香奈は眉間にシワを寄せてから、自分の頭を押さえる。

「ああもう！　いろんなこと考えちゃったじゃないすか！　今までの自分の行動振り返ってみ

たり！　合宿で一緒にお風呂入ったこともあったんすからね⁉」

「え？　う、うん」

「気まずい思いをさせてなかったかなあって、これでも気にしてたんすよ！」

あー。それってつまり、ええと……。

あたしが女の子を好きだった場合、部活のみんなで一緒にお風呂に入るのって、たぶんあたしがみんなに気を遣って、なるべく裸を見ないようにしたり、あるいは時間をずらしたりするだろうから……。

そんな風に先輩に気を遣わせてしまったことが申し訳ないなって、香奈は思ってたってことかな？

「へー。香奈、いい後輩だね」

「もうー！　センパイのばかたれー！」

優しく微笑んだつもりが、香奈には思いっきり拗ねられた。ごめんごめん。

「あ、あの、その気持ちは、うちもわかります！」

香奈が引っ込んで、代わりに晴ちゃんが前のめりに迫ってくる。

「女の子が好きかどうかわからないけど、その子のことが好き、って気持ち……。それなら、うちも、その、わかりますから！　先輩のこと、応援してます！」

「あはは、ありがと」

そうだよね。晴ちゃんが好きなのは、あたしが付き合ってる相手、不破絢だもんね。ただ、その口ぶりだと、今まで晴ちゃんが好きになった相手は、女の子ばっかりってわけじゃないみたい。

絢みたいにずっと女の子が好きだったって人もいれば、あたしみたいなやつもいて。たぶん好きって形は人それぞれで、だけど好きって気持ちは一緒だから、なんとなくあたしたちはわかり合えたような気になっちゃうんだよね。

「あたしも、晴ちゃんのこと応援してるよ」

「先輩……、はい、ありがとうございます！　あ、でもでもうちはやっぱり、榊原先輩が女の子と付き合ってるって宣言したこと、すごいことだと思ってますから！　尊敬してますから！」

別にすごいと思われようとしてやったことじゃないけど、でも、晴ちゃんがそう言ってくれるのは、嬉しかった。あたしもそれなりに勇気を出したことだったから。

「私は正直、よくわかんないすけど……」

晴ちゃんと対照的に、もやもやした顔の香奈は、頰をかく。

「部活辞めたセンパイが、今はなにをしてるのかと思えば、ただ無為(むい)な人生を送ってるわけじゃないって知って、ちょっとは安心しましたよ……。それが恋っていうのは、なんか意外っすけど……」

くっ、中学からの後輩にそういう目で見られるの、やっぱり恥ずかしいな……。

「ただ無為な人生って、あんた……」

「でも、ある意味では、納得もしたっす。センパイ、中学の頃より丸くなったっていうか、なんか優しい感じがしますから」

「……そ、そう？」

「はい。センパイもひとりの乙女(おとめ)だったってわけなんすね……」

「あ、おいこら、あんた早速あたしをイジろうとしてないか？　おいこら！」

「カノジョさんとどうぞお幸せになさってくださいね、乙女センパイ……」

「こらー！」

　間に挟まれた晴ちゃんが笑ってる。

　それからも、気を揉(も)まされた当てつけみたいにおちょくられたあたしだったけど。でも、結果的には、それもよかったんだろう。

　後輩に振り回されるあたしは、どう見てもカノジョ自慢して図に乗ってる高慢(こうまん)な女には、見えなかっただろうから。

　ふたりと別れて、教室に戻る。空気はすっかり変わってた。

『女の子と付き合ってる』というセンセーショナルなニュースは、榊原鞠佳がただ好きな人と付き合ってるという当たり前の出来事に取って代わってた。

それもこれもすべて、後輩ふたりのおかげだ。

あの子たちは、クラスの疑問を代弁して、あたしのちゃんとした本音を受け止めてくれた。その上で、理解を示してくれた。

ま、これがあたしの人徳、ってやつかな！

すべてがうまくいきそうな気がした。

あたしが今まで積み上げてきた信頼は、学校という空間における同調圧力や、冷淡な空気にも負けなかった。ぜんぶ杞憂だったのだ。誰もあたしのことを『ありえない』なんて、思わなかった。ちゃんと、わかってもらえた。

だから、教室の雰囲気は淡い青に包まれてて――。

次の瞬間。

そのスカイブルーを切り裂くように、赤い稲妻が走った。


「――ていうか、なんかいい話風にまとめてるけど、ぜんっぜん意味わかんないなー」


響き渡る声の主は、クラスの中央。

机に腰掛けて、まるで支配者のように振る舞ってる。

「騒ぎを起こして申し訳ないって思ってるんだったらさ、最初から言わなければいいーだけの話じゃない？　やっておいてごめんって、さすがに考えなさすぎでしょ」

西田玲奈。

あたしと発言権を二分する、三年A組の女帝。

呆然とした。

……なんで？

「結局さ、ガッコーでもいちゃいちゃしたいから、カミングアウトしたんじゃん？　おまえらしっかりあたしたちに気を遣えよなー、って。いやいや、かんべんしてほしーんですけど。女同士で付き合ってるとか、そんなの、コソコソやってなよ」

クラスに満ちてゆく、悪意のたっぷりと詰め込まれた声。

どうして、玲奈が。

「そもそもさ、かんぜんにコレ、ルール違反じゃない？　だってさ、あたしたちわざわざ女子高選んでるのって、そーゆー恋愛事のゴタゴタは抜きにしましょうって協定じゃん。めんどくさいから。なのに、クラスで付き合ってるやつらがいるのって、納得いかなくない？」

クラスメイトたちの色が一瞬で。

赤く、赤く。それはもう、取り返しのつかないほどに。

「不公平でしょ。女が好きな鞠佳は、ここが天国かもしんないけどさー。困るんだよね、この大切な時期に付き合ってるからとか言われても。まじ、空気読めてない」

張り詰めた風船をパンと割るみたいに、玲奈が獰猛な笑顔を見せた。

「……的なこと、言ってみたりー？」

「っ」

あたしは教室を横切って、玲奈の前にやってくる。

空気が、重い。まるで粘つくみたいに、あたしの体にまとわりついてくる。

玲奈を睨む。この女は、当然のように見返してくる。

「ちょっと玲奈！　来て！」

腕を掴むと、玲奈が笑った。

「は？　玲奈さんシメられるー？」

その軽口に乗るつもりは、ない。

あたしは玲奈を連れて——まるで逃げるように——教室の外へと引っ張っていった。


「どういうつもり!?」

「あはは、すっごい剣幕じゃんー」

授業のチャイムはもう鳴った。人気のない踊り場に、あたしの怒声が響く。

あんなことを言っておいて、にやつく玲奈の神経が意味わからなすぎる。

あたしは低い声を出す。

「冗談じゃ済まないって、わかってんでしょうね、あんた」

愉快犯（ゆかいはん）だとしたら、やりすぎだ。

西田玲奈は事務所に所属してる本格的なモデルで、そのスペックから、クラスでは多くの取り巻きをはべらせてる女だ。

170センチ近い長身は存在感があって、玲奈の肉食獣みたいな雰囲気を引き立たせてる。特に目力が強くて、気の弱い子だったら睨まれるどころか見つめられただけで、ろくに口答えもできなくなってしまうだろう。

あたしとは一度、去年のクリスマスにやり合ったことがある。そのときはお互い本音をぶつけ合い、痛み分けのような結果となった。

以降は、ときどきおちょくられることはあっても、適切な距離感で付き合えてたはずだった。なのに。

今までずっとなにをしてくるかわからない女ではあったけど、こんな風に、決定的にあたしを孤立させせようと動くなんて。

胸ぐらを摑みかからんばかりに、あたしは玲奈を睨みつける。

玲奈は、まったく悪びれず、肩をすくめた。

「でもさ、仕方なくない？」

「なにが」

「鞠佳の薄っぺらい言葉への反論、思いついちゃったんだからさー。悪いのは、あんな言葉でクラスを煙に巻こうとした鞠佳っしょ」

「なに、言って――」

あたしは本気だった。

そりゃ、ひとりひとりに向けた言葉じゃないんだから、ある程度は取りこぼすのだって、わかってる。

特に玲奈をはじめとしたクラスのトップ層相手じゃ、一般論は通じないんだってことも。

だけど……！

「それって、あんた……。あの言葉、本音じゃなかったってこと……？」

みんなの前であたしを糾弾しておきながら、玲奈はたやすくうなずいた。

「そーだよ。言ったじゃん。思いついたから、言っただけ。あーゆー風に言えば、鞠佳がピンチになるだろーなって、わかったから」

こいつ、どこまでふざけて。

「だからって、あんな」

「あんな、なに？」

玲奈が猛禽類のような瞳で、見つめ返してくる。

絢が完璧な美貌に一分の隙をもつ美少女なら、玲奈は爪の先まで練り上げた自意識の塊のような美女だ。

力ある言葉を使いこなし、他人を支配することを当然だと考えてる徹底的なトップカースト。いうなれば玲奈は、絢の美しさと、あたしのコミュ力を併せ持ってる存在だった。

玲奈が目を細めた。

「もしかして鞠佳、玲奈さんが無条件に味方してくれるとでも思ってた？」

「……は？」

思ってた……わけじゃない。

でも、あたしの邪魔はしてこないとも思い込んでた。

「玲奈がどう動くかなんて、わかるわけないでしょ。あんたみたいな、いい加減なやつ」

「ははっ」

玲奈が笑う。苛立つ。

別に期待なんてしてなかったし、裏切られたわけでもない。

あたしが隙を見せた。だから玲奈はそこを突いてきた。ただ、それだけ。

こいつはずっと、あたしが困るのを見て、楽しんでる。

玲奈はもとから、こういう女だった。

「わかった、もういい。少なくともあんたはこの件で、あたしとやり合うつもりだってことがわかった。後悔させてやるから、あんたのこと」

「それ、本音?」

笑みを消した玲奈が、問いかけてくる。

「玲奈さんを敵に回して、それでクラスを味方につけられるって、本気で思ってる? 鞠佳らしくないなー。分が悪いでしょ、しょーじき」

「…………」

悔しいけど玲奈の言うとおりだ。状況は苦しい。

ただでさえ、みんなの理解を得るのに苦労してるってのに。あたしと玲奈の発言力は、ほぼ同格。だったら、玲奈が敵であり続ける以上、挽回できる機会は、訪れない。

だけど、玲奈に頭を下げるのだけは、嫌。

「鞠佳さ、前に言ったよね。自分は学校生活だって本気って」

「……今度は、なに」

玲奈は顎の下にピースサインを当てて、笑ってみせた。

「証明してほしーんだよね。それを」

「どういう意味」

薄笑いを浮かべた玲奈が、あたしに長い指を突きつけてくる。

「ずーっとね、思ってたんだ。どーせ今までヌルい危機しか味わってこなかったから、そんな大口叩けるんじゃないのかなーってさ。アンタが本物のピンチでも、自分を貫けるのかどーか、玲奈さんに見せてよ」

「ばかじゃないの」

じゃあ、なに。

わざわざそのために、大勢の前で、あたしを糾弾してみせたの？

「ただそんなことのために」

「そ。ただ、そんなことの、ために」

あたしの言葉を繰り返す玲奈。

「ずっと、思ってたんだ。いつもへらへらと笑ってる榊原鞠佳の、底が見たい、ってね」

玲奈は、眼前に顔を近づけてくる。

その目が、あたしを映し出す。

「初めて、同学年の女に、説教されたんだよ。責任、取ってよ。アタシの、初めて」

ありえない――。

「あたしに、なにをさせたいの、あんた」

すると、玲奈は一歩下がってから、スマホを取り出した。

あたしに見せつけてくる。

表示されてる画像は、玲奈だった。

「は？」

それも、水着姿。プライベートのものじゃない。

バックには豪勢なプールが写ってた。どこかのリゾートみたいなシチュエーションだ。何枚も何十枚も、玲奈の抜群のプロポーションを見せつけられて、あたしは困惑する。

「……なに」

「こないだの撮影でね、水着撮ってもらったんだー。すっげー寒くて、メイクでごまかしてたけど、唇とかまじ青くなっちゃってさー。でも、美人に撮れてるでしょ？」

「……だから？」

「せっかくだから、玲奈さんがイチバンなんだって、そう勝ち誇りたいんだよねー」

玲奈はスマホをくるっとしまう。

「鞠佳さ、撮ってきてよ、いろんな子の水着」

「なに言ってんの」

「そうだなー。クラスで、玲奈さんが認めた人物の水着姿を、五人分。それだけ集めてきたら、鞠佳が本気だったたって、認めてあげる」

ネイルの光る指をぱっと広げて、玲奈は手のひらを見せてくる。

あたしは胸に熱い塊を呑み込んだまま、言う。

「五人分って……。しかも、いきなり水着姿とか、ありえない」

「だよねー。ただでさえ女子が好きってカミングアウトした鞠佳に、水着姿を撮らせてあげるとか、相当な信頼関係がなければムリだよね」

だから、水着姿か。

「あるいは、口八丁で騙してやったら？　女が好きってゆーのは、嘘でしたー、みたいな？」

玲奈は、あたしが絶対そんなことできないってわかってて言ってる。ここで怒るのは、玲奈の思うつぼだ。拳を握って耐える。

「……あんたが認めてる子って、誰のこと？」

「それも、自分で考えてほしーなー。だいじょーぶ。鞠佳ならすぐわかるって！」

笑う玲奈に、思わず舌打ち。

「期限は、そーだなー。来週の月曜日まで、ってことでどう？」

「って……。きょうが水曜日なんだから、一週間もないんだけど！」

「それぐらい難易度高いほうが、鞠佳だって本気になってくれるっしょ」

水着画像。五人分。それを木金土日の四日間で。

なにもかもが無理難題。あたしは、玲奈を突き放す。

「そもそも、あんたの提案に乗る義理なんて、一個もないんだけど」

「えー？　そんなこと言って、玲奈さんがこのままケンカ売ってきたら、困るくせにー？」

「そうしたら、あんたとあたしで仲良く共倒れってわけね」

「言わなきゃわかんない？」

玲奈が目を細めた。

「──大好きなコイビトさんに、そんな姿、見せられんの？」

絢の顔が浮かんで、あたしは押し黙る。

見せられるわけがない。だってあたしは絢を心配させたくないんだから。

あたしがカミングアウトをしたのは、あたしのためだけど、絢のためでもある。だったら、あたしが玲奈と毎日やり合ってたら、それをぜんぶ絢は自分のせいだって思うに決まってる。

結局、あたしは玲奈と戦争なんて、できない。

最初から詰んでたんだ。

この問題を穏便に済ませるためには、玲奈の提案に乗るしかない。

「…………五人分、水着の画像を集めてきたら、あんたが本当に嫌がらせを止めるって、誰が保証するの」

「そりゃ、玲奈さんだけでしょ」

「信じられない」

「かもね。でも、そこは信じてもらわないと。だって、鞠佳に選択肢ないワケじゃん？　あ、当然、玲奈さんに頼まれてーって言うのは禁止ね。ああ、あと前に撮ったものもだめだからね。新しく撮ってもらうこと」

さらに厳しい条件が追加された。この女。

「正直厳しーだろーなって、玲奈さんも思ってんだ。だからね、代わりと言っちゃ、なんだけどさー」

玲奈がゆるく髪をかきあげる。

「鞠佳がほんとーにそんなことができたなら、玲奈さんも本気で鞠佳の活躍に応えてあげる」

ユルいしゃべり方と裏腹に、玲奈の目つきは刃物のような鋭さを帯びてゆく。

「卒業まで残り一年間。鞠佳のことは、誰にもとやかく言わせない」

玲奈はそう言い切った。

女同士で付き合ってることへの陰口とか、しがらみとか、そういうのぜんぶを自分がどうにかしてみせる、って。

あたしと絢は、残り一年の学校生活を、楽園のように過ごすことができる、って。

学校というひとつの巨大な生命体の中で、そのうち一個の細胞に過ぎない一生徒が、どうにかできるような話じゃない。

「誰にもとやかく言わせないって」

「誰にもは、誰にもだよ。それこそ、全力出してあげる。鞠佳の敵は、ただのひとりもいなくなるから」

そんなのムリだ、って思う反面。

もし本当に玲奈が本気になったら、それぐらいできるのかもしれないって思わされた。

玲奈の言葉には、それだけの覚悟を感じた。

「……あんたもずいぶん、大口叩くじゃん」

「そりゃー、玲奈さんが見たいものを見るためには、鞠佳をそれなりにやる気にさせなきゃいけないからねー。どう？　悪い取引じゃなくない？」

本当に、こいつは……。

そう思っててもぜったいにうなずきたくなかったので、あたしはただ玲奈を見返した。

「でも、それじゃまだ足りない」

「えー？　贅沢(ぜいたく)。他になにがほしーわけ？」

あたしは玲奈を睨みつけて、言った。

「一発殴らせろ」

玲奈はわずかに目を丸くして。

それから、かわいらしい表情を作って、笑った。

「いーよ。ただし顔以外ね♡」

こうして、誰にも知らないところで、あたしと玲奈の勝負が静かに幕を開けた。

玲奈と話してる間に、午後一の授業はとっくに始まってた。

かなりたるかったけど、玲奈が保健室で寝ていくらしいので、あたしはむしろ授業に出てやろうと思って教室へ戻る。玲奈とふたりで仲良くサボりは、気に食わなかったので。

あーまだイライラしてる。ちょっと気分、落ち着かせないと！

深呼吸。あとは、絢の顔を思い浮かべて……。

……そういえば、さっき絢いなかったけど、大丈夫かな。玲奈の言葉、聞いてなかったかな。……もし耳にしてたら、玲奈の命がやばいのでは？

うわ、イライラっていうか、ぞわぞわしてきた。ちょっと、確認しとかなきゃ！

3年A組に戻ってきた。後ろのドアをガラッと開くと、クラスの視線が集まってくる。

「すみません、チャイム聞こえなくって」

そんなテキトーな言い訳をしつつ、席についた。

授業中だからまだマシだけど、なんか、しらけた空気が流れてる。あたしに対する視線が、やっぱ冷たい。

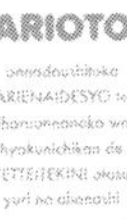

なにもかもさっきの玲奈のせいだ。思い出してまた腹が立ってくる……。そんな玲奈に従わなきゃいけないっていうのも、苛立ちポイントだ。くっそう、やっぱ他になんかいい方法なかったのかな。

でも……これからがんばってクラスの空気をなんとかしたところで、またそれを玲奈がぶち壊してくるんだろうって思うと、げんなりする。

やり合うこと自体は構わない。すっかり仔猫のように丸くなったあたしには、かつて虎だった血がちゃんと今も流れてるのだから。

ラブ&ピース♡　を謳ってるような、そんじょそこらの穏健派のＪＫではないのだ、このあたしは。

3年A組を真っ二つにして、辺り一面焼け野原にするようなことだって、やろうと思えばできてしまう。

なのだけど。

……やっぱり、この一件で絢に心配かけたくないんだよなあ……。

玲奈の条件を達成さえすれば、絢に知られずに騒動を収束させることができるのは、正直、おいしすぎるっていうか……。あたしの心情だけ取っ払えば、理想の展開なわけで。

スマホにメッセージが飛んできた。

あ、そういえば、絢にさっきのこと聞いてみなきゃだった。机の下でこっそり確認する。

メッセージは、その絢本人からだった。

絢：西田さんと、なにかあった？

絢：クラスの人が、話してたよ

う。

いや、でもこれはむしろラッキー！　絢が聞いてなかったってことだからね！　よし、ごまかそう。

鞠佳：ちょっと意見がぶつかっちゃって、でも大丈夫、ちゃんと話してきたから

鞠佳：心配してくれて、ありがとう

軽く絢に振り返って、小さくピースサインを送る。

絢はぼんやりと首を傾げてた。ちょっと罪悪感。

ごめん、絢。でもホントに大丈夫だから。学校でのことはあたしに任せて。今までいっぱいいっぱい絢に引っ張ってもらってきたんだから、たまにはあたしだってがんばらなきゃ。

あたしの楽園は絢の隣なんだから。そのためにがんばりたいんだよ、あたし。可憐さんとか、

バーのみんなに、ちゃんと教わったんだから。

うん、がんばろう。

そうと決めたら、にわかにやる気の炎が燃え上がってきた。

これから先、学校でも絢とイチャイチャできるなんて、最高じゃん。おまけに来月には修学旅行もある。楽しいことがいっぱい待ってるはずなんだから。

しかし……玲奈への怒りと、絢への想(おも)い。明らかに後者のほうがモチベ高まってくるので、あたしはやっぱり香奈(かな)の言う通り、恋する乙女(おとめ)なのかもしれない……にゃーん。

となると、玲奈の出した難問の話、なんだけど。

……多くないか？　五人って。

しかもその全員から水着姿の画像を頂戴(ちょうだい)するとか、怪(あや)しすぎるでしょ。玲奈から頼まれた事情も話せないとなると、いよいよあたしは不審者だ。

ただでさえ今は、あたしのクラス内での立場がグラついてるのに。

……まあ、それでもなお、助けてくれる人を五人集めなさい、ってことなんだろうけど。足元見やがって、あの女……。

いいだろう、やってやる。その上で、あいつを合法的に一発殴る。これだ。

ごめん、絢。やっぱりあたしは榊原(さかきばら)鞠佳だった。絢への愛だけでがんばるほど、気の長い女じゃなかったみたい。

キャット鞠佳……もとい、タイガー鞠佳の、復活だ！

よし、授業が終わった。時間がないんだ。まずは行動あるのみ。

というわけで、真っ先にひとりの女の下へと向かう。いや、向かおうとしたところで、絢に呼び止められた。

「ねえ、鞠佳」

「え？　あ、うん」

しまった。心配そうな顔をさせちゃってる！

あたしは目を泳がせながら。

「いや、あの、大丈夫なんで！　ほんとに！　っていうか詳しいことは、後で話すから！」

挙動不審（きょどうふしん）なあたしの態度に、絢は少し黙った後。

「うん、わかった」

大人しく、うなずいてくれた。

ごめん、助かる……。軽く手を振って別れる。

ほんとはありがとーって抱きしめたいけど、でも、さっき玲奈にああ言われた後で、教室でイチャつくのは、さすがにありえなさがすごいので……。

ちゃんとぜんぶ終わらせるから、そしたらまた笑顔でお喋（しゃべ）りしようね、絢……。やはり玲奈、許せない……殴る……。

で、だ。その玲奈の認める五人っていうのが誰かはわかんないけど、確実にコイツは入ってるだろう、ってやつがいる。

しかも、水着画像をブン取るのに、めちゃめちゃ気兼ねしない女だ。

廊下に出たあたしは、小走りで追いかけて、ちっこいギャルを捕まえた。

「ひな乃、ちょっといい？」

「んー？」

白幡ひな乃は、規則に縛られないフリーダムな人間が集まってくる北沢高校の中でも、おそらくいちばんパンクな女だ。なんといっても、まず髪を青に染めてる。インナーカラーとかそういうレベルじゃない。真っ青だ。

ちゃんと先生に怒られたこともあるらしいけど、ひな乃は構わず自分を貫いた。おそらく内申点はボロボロだろうけど、大学に行く気はないらしいので、どうでもいいようだ。強い。

原宿だか渋谷のショップでカリスマ店員としてバリバリ働いてるらしいから、将来はそっちに進むのだろう。

「ああ、うん、鞠佳か……」

職場だと営業スマイルを使いこなすらしいひな乃だが、学校では相変わらず表情筋が死んでた。いつもぼけーっとしてる女だけど、きょうはひときわテンションが低い。

あたしを見て、ため息をついてくるし。

「え、なに、その態度」

「……だって鞠佳、みんなの前で付き合ってるって言ったじゃん」

「言ったけど……」

まさかひな乃まで、玲奈の言葉を聞いて、あたしを拒否ろうとしてる……？　あたしは一瞬、背筋が寒くなった。

いやいやいや。ひな乃がそんなフツーの感覚をもってるとか、ありえないでしょ！　あんただって女子と付き合ってるのに！

ひな乃はやれやれと首を横に振って。

「はぁ……。これじゃあ、女好きの女が、我こそはと大量に鞠佳に群がってくるよ……。せっかくあたしが目をつけてたのに……」

「なに言ってんの⁉」

「そりゃもう、次から次へとやってくるに違いないよ。鞠佳が女と付き合ってるんだったら、自分もワンチャンあるんじゃないかっていう女どもが。あんなセフレホイホイのカミングアウトするぐらい飢えてるんだったら、最初にあたしに声をかけてくればよかったのに」

「あんたの認知はどんだけ歪んでるんだ！」

白幡ひな乃のフィルターを通して見れば、あたしの純愛宣言すら女漁りに聞こえてしまったらしい。やっぱりひな乃はひな乃だった。欲望のままに生きる女……。

ほっぺに手を当てたひな乃は、上目遣いでぱちぱちと瞬きを繰り返してくる。

「あたしけっこう、カワイイ顔立ちしてると思うよ？」

「してるからなんなん⁉」

実際、ひな乃はそのぶっ飛んだファッションが似合うほどの美少女だ。

肌が白く、まつげは長い。一般ウケするような無難な服に身を包めば、あたしよりよっぽどモテモテになるんじゃないの。

ただ、それをしないからひな乃はひな乃であり、玲奈に一目置かれてるわけだけど。

「じゃあ、あたしだいぶ上手いよ」

「突っ込まないからな⁉」

ひな乃は、ピースサインを口元に当て、小さく舌を出す。それがなにを意味するのか、あたしは完全にスルーした。

てか、あんたがどんなに上手いって言っても絢のほうが上手いし！

絶対に口に出せない言葉を胸の中で叫びつつ、ひな乃の肩を掴む。

「っていうか、この流れで言うのすごくヤなんだけど、あのさ、ひな乃に頼みがあって」

「ほう」

ひな乃が目を細めた。ぐっ。

やっぱなんかやばい気がする！　けど、あたしには時間がない！

「いいよ」

「違う！　自分のセーラーのリボンを外そうとするな！」

今のタイミングでひな乃を口説きに来たとか、どうかしてるだろ！　そこまで人の目を気にしない生き方を、あたしはしたくないよ！

まったく、クラスのみんなに目撃されたらどうするつもりなんだ。クラスでの立場が、とか言ってる場合じゃなくなるよ。明日からあたしはひな乃と同じ扱いされる。

「こっち系のお願いじゃなかった、と」

「そっち系をすることはありえないから」

あたしは咳払(せきばら)いして、改めて頼む。

「実はちょっと、ひな乃の写真を撮らせてもらいたくて」

「ん……？　いいけど」

そんな前置きしないで好きに撮れば？　とばかりに、首を傾げるひな乃。

あたしは声を潜めて、拝む。

「それが、ちょっと特殊な衣装を着てもらいたいっていうか……。ぶっちゃけ、水着姿をお願いしたいっていうか！」

「やっぱそっち系のお願いじゃん」

「違うんだけども！」

屈辱だ。歯嚙(はが)みする。

ひな乃は相変わらず感情の薄い顔。両手で蟹(かに)っぽくピースする。

「いいよ」

「いいんだ………」

「なんで引いてんだおい」

だって……。

「あたしがひな乃にそんなこと頼まれたら、ぜったい拒否るし……」

「これ、罰ゲームかなんか？」

ひな乃が辺りをきょろきょろと見回して、どこかに隠れてるであろうあたしの仲間を探し始めた。いや、罰ゲームではないんだけど！　似たようなものだが！

「違う違う違う。ていうか、ごめん、正直、助かる」

「ん」

そう、脅されてるわけではない。似たようなものだが！

しかし、これでひとり目はクリアー。

ひな乃がいちばん難易度低いとは思ってたけど、あまりにもすんなりとＯＫしてもらって、あたしはほっと胸を撫(な)で下ろす。

「なんだかんだ、ひな乃って付き合いイイよね。こないだも、悠愛と一緒にグチ聞いてもらったし。さすがに、ぜんぶがぜんぶ下心ってわけじゃないんでしょ」

「んー……」

こういうことを言うと、ひな乃はすぐに照れる。下ネタには躊躇がないくせに、友情だなんだかんだの話になると、急に口をつぐむのだ。かわいいやつめ。

そこでひな乃が、ダウナーな声をあげてきた。

「……じゃあ、こっちからも条件がある」

「え？」

「日曜日」

「あの」

「軽く付き合ってくれたら、それでいい」

あたしは思わず自分の身体を抱いた。後ずさりする。

ま、まさか……。

「さ、さすがにありえないからね。あたし、一途なんだからね」

ひな乃が、ずいと顔を近づけてくる。

「でも、水着写真が必要なんでしょ」

「そうだけど！　あたしの頼みにつけ込んで、身体を要求するとか……！　それは、さすがにサイテーだぞ、白幡ひな乃！　見損なったぞ！」

「何事も、ギブアンドテイク。要求するだけってのは通じない」

ひな乃がちっちっちと指を振る。

こいつも玲奈と一緒だ！　百パーセントあたしの味方ってわけじゃなかった！　くっそう、どいつもこいつも！

「ううう……」

あたしは胸を隠したポーズで、ひな乃の唇や指先などに、視線を向ける。

ひな乃は、背が小さくて、体のパーツもぜんぶちっちゃい。そのくせ目がでかいから、ほんとにフランス人形みたいなスタイルだ。面食いのあたしでも認めざるをえないほどの、美少女……だけど、そんなの関係ない。

絢以外の子に身体を許すなんて、ありえないから。

でも、絢のために、どうしてもひな乃の水着画像が必要だというのなら……。

実際、どこまでなら許せるのだろう。頬がどんどん熱くなってくる。

とりあえず行為はぜったいにありえない。裸を見せるのだって嫌だ。難しいのがキスで、アスタロッテにもひったくりのように唇を奪われたことがあるから、少しだけ心理的なハードルは下がってる。でもあれは、まだ絢と付き合う前の出来事だったし……。

胸を触られる、とかは……。女の子同士だったら、冗談のボディタッチぐらいすることはある。ていうかあたし、冴ちゃんのおっぱい触ったことあるし！　絢と付き合った後に！

いやいや、でもそこに性欲が混ざっちゃったらだめじゃない!?

なるほど……。問題点は、そこか……？　なにかをされることよりも、卑劣な手段であたしが性的に弄ばれることこそが、絢に対する裏切り……！

あたしは断固、首を横に振った。

「……やっぱり、ありえない。ひな乃がダメってわけじゃなくて、あたし、誰に対してもムリだよ。だって、絢のこと、好きだし……！」

「そっか。なら、仕方ない」

ひな乃はあっけらかんと引き下がった。何事にもこだわらないひな乃らしい反応だった。

くっ……。後悔半分、だけどこれでよかったんだという清々しさも半分……。

ひな乃以外に、クラスに玲奈が認めてる人物が、他に五人もいるかわかんないけど……でも、これは仕方ない。あたしには、守るべきものがあるから……。

そう、あたしは榊原鞠佳。決して自分を安売りしたりはしない。だってそんなの、あたしの大好きな絢の価値を下げることになっちゃうから。

「見くびらないでよね！　あたしは、榊原鞠佳なんだから！」

「え？　う、うん」

ひな乃は気圧されたように、小さくうなずく。そうして上目遣いで口を開いた。

「ちょっとうちのお店を手伝ってもらおうと思っただけなんだけど、仕方ない。そこまで言うとは、榊原鞠佳の時給はめちゃめちゃ高いんだね」

「紛らわしいんだよ！　やるよそれぐらい！」

「えっ？」

一瞬で手のひらを翻すあたしに、ひな乃は目を丸くした。

これで日曜日にひな乃の水着画像が手に入るとして、残り四人。まだまだ先は長い！


一日の授業がすべて終わり、放課後になった。

クラスの雰囲気がどことなく冷え込んでるからか、いつも以上に時間が長く感じられる。

「ほんとに大丈夫――？」

パタパタと駆け寄ってきた悠愛が、あたしの顔を覗き込む。

「ああうん、へーきへーき。ありがとね」

笑顔を向ける。

悠愛はあたしを心配して、一緒に帰ろうかって誘ってくれたのだ。

その気持ちは嬉しい。でもまあ、ちょっと遠巻きにされてるだけで、帰り道に誰かが棒持って襲い掛かってくるなんてこと、あるわけないからね。

あたしは手をぺらぺらと振る。

「知沙希のお見舞いいくんでしょ」

「うん。いったん家に帰って、ランドグシャ作っていくつもり。でも、まりかは」

「あたしはいいからいいから。また明日ね」

なんでもない笑顔を作って、悠愛を送り出す。悠愛はちょっと微妙そうな顔をしてたけど、教室を出て行った。

別に悪いことしてるわけじゃないんだし、笑顔笑顔、ってね。

だがそこで、教室を出る玲奈の後ろ姿が目に入って、じゃっかん顔が引きつってしまった。

ええい、笑顔！

するとの準備を終えた絢がやってきた。

「それじゃあ、帰ろっか」

「あ、えっと」

「？」

挙動不審に思われる前に、あたしは用意してた台詞を言う。

「絢って、この後バイトだよね？　ごめん、あたしも実はちょっと、用事があって」

無表情であたしを見つめ返す絢。うっ。

これは、寂しそうな雰囲気……！

「だ、だから、きょうはここで解散ってことで！」

あたしはなるべく絢を見ないようにして、そう告げた。

立ち止まった絢は、まるで捨てられた仔犬（こいぬ）のよう！

そんな目であたしを見ないで！

今だけ！　今だけだから！

「わかった」

「うんありがと！　じゃあ絢もまた明日ね！」

まるで絢を教室から追い払うようにして、あたしは恋人を見送った。胸が痛む！

だけど、絢が大人しく引き下がってくれてるのも、あたしを信頼して、任せてくれてる証拠だろうから……。（と、そう思ってたんだけど、実はこの日の夜に、絢が我が家に押しかけてくることになるのだった……。まあ、それはまた後ほど！）

よし、がんばろう。一刻も早く、いつものあたしに戻るために！


というわけで、いつものあたしらしく、行動開始。次の目的の人物を探す、と。

その子はなんと、あたしの目の前にやってきた。

「ね、榊原！　ちょっといい⁉」

「え？　い、いいけど」

どこか怒ったような目つきをした女の子。伊藤夏海（いとうなつみ）ちゃんは、どうやらあたしに用があるみたいだった。

伊藤夏海――夏海ちゃんは、バドミントン部のキャプテンで、三年生でも引き続きクラスの委員長を務めてる。多少押しの強いところがあり、鈍感力を遺憾なく発揮して運動部系女子を仕切ってる女の子だ。

協調性があり、発言力も強め。例えばクラスで体育祭の種目決めなどがあったとき、だいたいあたしか、玲奈か、もしくは夏海ちゃんの意見が採用される率が高い。

生息地域が違うから、玲奈とつるんでる光景はあんまり見たことがないけど、いつだってパワフルに学校生活を謳歌してる夏海ちゃんのことは、認めてるはずだ。……たぶん。

「ごめん、部活終わりまで待ってもらって！」

「ううん、ぜんぜん」

校門で傘を差して待ってたあたしの下に、ポニテを揺らしながら、ジャージ姿の夏海ちゃんが駆け寄ってくる。

「それで、相談なんだけど！」

「あ、うん。ついでだし、どっか寄ろっか？」

「押忍！」

体育会系とはじゃっかん違うタイプの返事をして、大きく片手をあげてくる。

でるのに。

道中、夏海ちゃんは口数が少なかった。いつもなら、千本ノックみたいにキャンキャン騒いでるのに。

よもや、カミングアウトしたあたしに、なにか思うところが……？　と、邪推なんかしてしまったり。裏表のない夏海ちゃんに限って、そんなことはないと思うんだけど……やばい、あたし今、人間をあんまり信じられないモードなのかも。

駅前にあるカフェに入って飲み物を頼んだ辺りで、今までずっと呼吸を止めてたみたいに、夏海ちゃんが大きな息をつく。

「ふーーーー……」

放課後、教室で話しかけてきた夏海ちゃんは、あたしにどうしても相談したいことがあったらしく、できれば週末前に話を聞いてほしいとせがんできた。

その態度がなんかもうすごく必死だったので、あたしは水着の話もしたかったし、部活が終わるまで待つことにしたのだ。

とはいえ、できることとできないことがある。あたしを選んだからには、あたしの得意分野を頼ってほしいのだけども……。ちなみに金銭の相談は永遠に受け付けてません。

「あ、そうだ！　その前に、榊原ってばさー！」

「な、なに？」

急にいつもの夏海ちゃんが襲いかかってくるじゃん。

「いやー、昨日すごかったねえ！　熱烈な愛の告白！　私、びっくりしちゃった！」

「ああー、うん、まあ」

夏海ちゃんは幼女のようなキラキラとした視線を向けてきて、胸元で手を組んだ。

「はぁぁ……。あんな風に、クラスで宣言してもらうなんて、あまりにもロマンチックっていうか……！　私もうすっごいキュンキュンしちゃったよー！」

ポニテをブンブンと犬の尻尾のように振る夏海ちゃん。

「えっと……夏海ちゃん、もしかして、ああいうの好きだったりする？」

「そうだね！　好きかも！　だってドラマみたいだし、まるでふたりだけの世界がそこに広がってるみたいで……！　っていうか、女の子だったら誰でも憧れちゃうんじゃないかなっ！」

そうでもないから、学校で厳しい立場に置かれてるんだよなあ……。

あたしは生暖かい目を夏海ちゃんに向ける。

「夏海ちゃんは、いつまでもそのきもちを忘れないでいてほしい」

「えっ、どゆこと⁉」

あたしがカミングアウトしても、夏海ちゃんは変わらずだった。むしろ評価があがったような気さえしてくる。

夏海ちゃん、いい子だな……人間も捨てたもんじゃない……。あたしは人間不信が治った。

ココアを飲む。染み渡る。

「でもさ、大丈夫？　きょうの西田さんのこととか」

しかもあたしを心配してくれてる。いい子だ……。あたしは将来、夏海ちゃんみたいな娘がほしくなった。

「うん、まあまあ。なんとかするつもり」

「そー？」

そのために、夏海ちゃんに水着画像をもらおうとしてるわけだからね、あたしは……。娘の水着画像をせびる親。一気にやばいやつになっちゃった。

「でも、西田さんって滅多にあんなことしないのに、ヘンだよね。榊原に、あてつけみたいに言うなんて」

「……よっぽどイライラしてたんじゃない？」

あたしが素っ気なく答えると、夏海ちゃんはイマイチ納得できなさそうな顔。

「西田さんって、学校休みがちでしょ？　西田さんのお友達も、割とマジメには勉強しない子が多いしで、去年から、委員長の私がプリントとか課題とか渡したりしてたんだよね」

「え、そんなことしてたんだ」

夏海ちゃん、委員長っぽいお仕事してたんだな……。

「それでね、西田さんって意外としっかり課題やってくるんだよね。それでもわからない問題があったら、私にこっそり聞きに来たりしてさ」

「西田が？」

まじ？　勉強とか一切興味なさそうなのに。

「あんまり人に努力とか見せたくない子なんだろうなあーって思ったんだ。西田さんは目立つから、学校だといろいろと立場もあるもんねえ。でもね、毎回ちゃんとお礼だって言ってくれるし、こないだはロケ地のお土産だって、海外のアーモンドチョコレートくれたんだ！」

「へー……」

「あ、誰にも言わないでね、今の話！　ナイショだよって言われてたんだ！」

「言わないけど」

「だからねー、西田さんって毒舌なところはあるけど、一生懸命がんばってる人のことを悪く言ったりしないと思ってたんだー。なにか、理由があるのかなあ……」

後半は、まるでここにいない玲奈に尋ねてるみたいだった。

……理由は、よっぽどあたしへの私怨を募らせてた、ってことなんでしょうね！

あたしが信頼してる夏海ちゃんが西田のことをよく言っていることに、ヤキモチみたいな感情を覚えてると、夏海ちゃんはごめんねのポーズになる。

「あ、ごめん！　榊原の前で、西田さんをフォローするみたいなこと言って！　気分よくないよね!?　よし、違う話しよ！　ね、不破さんってメチャメチャ美人だよねー！」

「露骨！」

あからさまに好感度を稼ごうとしてくるカワイイ夏海ちゃんに、あたしは頬杖をつく。

「それで、相談って」

「ああー！」

夏海ちゃんがテーブルに突っ伏した。リアクションがでかい。

「実は……」

夏海ちゃんは急によれよれの死にそうな顔になって、口を開いた。

「今度の土曜日……。私の後輩の、祝嶺晴さんと、おふたりでお出かけすることになりまして………」

「えっ⁉」

次はあたしが目を輝かせる番だった。

夏海ちゃんは一個下の後輩である晴ちゃんのことが好きなのだ。

「晴ちゃんと⁉　すごい、やったじゃん！　デートじゃん！」

「あははっはははははは」

夏海ちゃんが壊れた。こわい。

「デート、なんだよねえ！」

「う、うん」

「今まで、部活仲間で遊びに行くとかはあったけど、ふたりっきりは初めてでさあ！　毎度毎度、冗談みたいに誘ってたら、きょうオッケーしてもらってさあ！」

「へー………あっ」

きょうって、それ。あたしは不意に気づいた。

もしかして、あたしがカミングアウトしたから？　絢とあたしが付き合ってるって公言したから、いよいよイロイロと吹っ切って、晴ちゃんは次の新しい恋を見つけようと……。

本人に聞いてみないとなんとも言えないけど、そんな気がした。

「そっか、晴ちゃん……そっか」

夏海ちゃんは顔面を手で覆う。

「わたしゃ、だめだよ……。今から緊張して、内臓吐き出しそうだよ……」

バドミントンの試合で堂々と戦ってるキャプテンらしからぬ細い声で、うめく。

「そういうわけでね……。私ね、デートコースを考えたんだ……。いちおー、ふたりでサンシャイン水族館に遊びに行く予定なんだけど」

「おおー。いいじゃん」

夏海ちゃんはカバンから一枚の紙を取り出した。

「これが、そのスケジュールです……。見て、添削していただけますか、榊原」

「あ、なるほど。そういうわけ」

なんだ。夏海ちゃんにとっては一大事だろうけど、けっこう軽い頼み事だった。

「うん、女の子同士のデートを熟知してる榊原なら、どこが悪いのか、一目でわかると思いまして……。お願いしゃす！　しゃす！」

「別に熟知はしてないけど。あたしは絢のことしかわからないし」

「今まで何回ぐらいデートしてるんですか⁉」

マイク代わりの握った拳を向けられて、あたしはちょっと考えて言う。

「基本、土日は毎週かな」

「毎週！　もうカノジョのプロじゃん！」

「どういうこと」

ともあれ、あたしは安請け合いする。

「まあ、いいよいいよ、それぐらいだったら。といっても、あたしは晴ちゃんのことあんまり知らないから、もしかしたら的外れなこと言っちゃうかもだけど」

「構いません！　気がついたことがあったら、どんな些細なことでもいいので！　なんでも言ってください！」

「はいはい」

といっても、勉強家の夏海ちゃんのことだ。大きく外れることはないだろうし、万が一失敗しても、最初のデートで失敗するなんてそれも青春っぽい感じでいいんじゃないかな……とか思いつつ。

「おねしゃす！」と提出された紙を見やる。すると。

8：00　集合
8：10　移動開始
8：40　池袋到着
9：00　サンシャインシティ散策
10：00　水族館入場
12：00　水族館内で昼食
12：40　水族館散策
14：00　サンシャイン水族館出発
14：10　カフェ入場
　エトセトラエトセトラ……。

あたしは叫んだ。

「修学旅行か！」

これはあまりにも予想外。びっしりと18時までスケジュールが埋まってる……。

「なにか問題が!?」

目を剝く夏海ちゃんに、あたしは低い声を出す。

「そもそも、朝8時集合って……。もう、学校じゃん……」

「は、早すぎますでしょうかね……？　でも、早いほうが丸一日、遊べるかなって……」

気持ちはわかるけど、仮に晴ちゃんがオシャレをしてくるつもりなら、もうちょっと余裕をもたせてあげたほうがいいと思う……。せめて10時とか……。

だけど、それよりもっと大事なことがある。

「初デートなんだよね」

「は、はい」

「だったら、13時待ち合わせにしよう」

「なにゆえ⁉」

あたしは家庭教師になった気分で、とんとんと紙を叩く。

「ここで問題です。朝8時に始まって18時に解散するデートと、13時にスタートして18時に解散するデート。総合的な満足度が高いのは、どちらでしょうか」

「そりゃあ、長い時間を過ごした方が……」

「それは付き合った後の話！」

「うひっ⁉」

あたしが声を荒げて指を突きつけると、夏海ちゃんが怯えた。

「いい？　付き合う前ってのは、プレゼン期間！　自分と一緒に過ごすと、こんなに楽しい時間が手に入るんですよ、って幻想を見せてあげなきゃいけないの！　なのに初手から長時間のデートなんて、自殺行為もいいところ！　失敗の確率だけがあがっていくんだよ！」

「し、失敗……？」

「話のネタが尽きて、気まずい雰囲気が流れたり……。あるいは、計画通りに進まなくて晴ちゃんの気がそれちゃったり……。ふたりとも疲れて話が弾まなくなったり……！」

「そんなのやだー！」

そう、夏海ちゃんはそもそも最初の入り口が間違ってる。

「あのね、ふたりっきりで遊びに行く時点で、夏海ちゃんの好感度は相当高いんだよ。だったらデートは大成功を狙うんじゃなくて、失敗しないことを目標にしなきゃだめ」

「防御は最大の攻撃ってこと……!?」

「そういうこと！」

「貪欲にスマッシュを狙うんじゃなくて、練習するべきはレシーブ……？　どんなシャトルも粘り強く打ち返して、相手のミスを待つ作戦に切り替えるってこと……？」

「そゆこ……いや、違う！　相手を倒そうとか思わなくていいの！　これはつまりダブルスなんだから、ふたりで勝利を目指す協力プレイなの！」

「ダブルス！　私と晴の！　そういうことかあ！　……あれ？　ってことは、私たちは誰と戦う……？」

不安になってきた。例えだけじゃなくて、具体例も提示しとこう。

「というわけで、できるだけ失点しないようにスケジュールを修正すると、こうなる」

ぱっぱっぱっとスマホに打ち込んだテキストを、夏海ちゃんに見せつけた。

13：00　集合
14：00　サンシャイン水族館到着。途中で疲れたらカフェに入ったり、水族館に飽きたらショッピングしたりする
18：00　解散

「適当すぎじゃないですか⁉」

驚愕（きょうがく）する夏海ちゃん。その目をじっと見つめる。

「ようするに……。夏海ちゃんはデートでスケジュールを消化したいのか、それとも晴ちゃんと楽しい一日を過ごしたいのか、って話」

「それはいったい、どういう……」

「スケジュール気にするぐらいなら、晴ちゃんのことを見てあげて、ってこと」

夏海ちゃんはハッとした。

「魚を見飽きたら水族館を出ればいいし、疲れてたらいつだって休んで、なんとなく話題に詰まったら新しいお店に入ればいいの。夏海ちゃんだって友達と遊びに行くときは、そんな風にノリで過ごすでしょ？」

「それは、確かに………」

結局、夏海ちゃんは不安なのだ。不安だから、きっちりとスケジュールを立てて、その予定にすがろうとする。

けど、大事なのはなによりも、ふたりで遊びに行って楽しかった、という思い出。

あたしは、夏海ちゃんの本当の悩みを解決するため、語りかける。

「いつも通りでいいんだよ。夏海ちゃんは、いつも通りでいい女なんだからさ」

「榊原……」

「晴ちゃんだって、いつもの夏海ちゃんが好きだよ。デートだからって特別な自分を見せようとしなくたっていいんだよ。いつもの夏海ちゃんと、ちょっと特別な一日を過ごす。それでもう、じゅうぶん。っていうか、それが醍醐味でしょ？」

そもそも、デートで見れる新たな一面って、例えば水族館でペンギンを見てはしゃいじゃったり、お土産物屋でブサカワイイぬいぐるみを前にメロメロになっちゃったり。

そういう、シチュエーションを変えたときににじみ出てくるものが、新たな一面なんだよ。

「だいたい、晴ちゃんが一緒に遊びに行きたいって思った夏海ちゃんは、こんなスケジュールを立てるような、慎重で臆病な夏海ちゃんじゃないでしょ。明るくて楽しくて、朗らかでおおらかな夏海ちゃんじゃないの？」

　夏海ちゃんはこくりとうなずいた。

「……うん、そう思う……」

「だったら」

　顔を近づけて、あたしは笑顔を見せる。

「夏海ちゃんだったら、ぜったい大丈夫だよ！　間違いなく、うまくいくから！　デート、楽しんでおいでよ！」

　ぐっと拳を握って、言い聞かせる。

　すると、夏海ちゃんもようやく、納得したみたいにうなずいてくれた。

「わかった!!!」

　目をかっぴらいた夏海ちゃんが、注文したオレンジジュースを一気に飲み干す。

「私、血迷ってたってことが、よくわかったよ！」

「そこまでは言ってなかったけど！」

「いいところばっかり見せようって思って、裏技に手を出そうとしてた……。けど、ちゃんと私は私のままで試合に臨むね！　ちゃんと見てて、榊原！」

　どうやら夏海ちゃんにも、やる気の炎が燃え上がったようだ。

よかったよかった。それでこそだよ、夏海ちゃん。

「……もしよかったら、榊原も一緒に来る？　土曜日」

「早速、弱気になってるじゃん⁉　大丈夫だってば！」

上目遣いで顔色を窺ってくる夏海ちゃんに、あたしは太鼓判を重ね押ししたのだった。


カフェを出たものの、あたしはまだ夏海ちゃんと一緒にいた。今度はあたしが頼みごとをする番だ。

いかにも部活帰りの格好をした夏海ちゃんと、同じ方向の電車に乗る。なんだか中学時代を思い出して、懐かしい。

「いつも相談に乗ってもらってるし、私にできることだったら、なんでもいいけど」

夏海ちゃんはコテンと首を傾げる。

「私の新鮮な水着画像がほしいって、なんで？」

なんでかなあ！

「……理由については、聞かないでもらえるとありがたいです。悪用するとかでは、ぜんぜんないので」

「そこらへんは信頼してるけどねー」

なぜか信頼されてるようだった。しないほうがいいんじゃないかな、こんな急に水着画像を求めてくるような女を……。

「っていうか貸し借りって言うなら、今回のことだけじゃなくて、前にチョコレート作りを手伝ってもらった時のもそうだからね！」

「あれは、お互いさまじゃない？　こっちだって家貸してもらったわけだし」

「なにをおっしゃるウサギちゃん！　家は私じゃなくて、お父さんとお母さんのものだよ」

「厳密にはそうかもしれないけど！」

騒ぎながら電車を降りる。外はもう暗くなってた。

「お、雨あがってる」

「ほんとだ！　あ、ごめん榊原、ちょっと待ってて！」

駅前駐輪場から自転車を取ってきた夏海ちゃんの隣を、並んで歩く。夏海ちゃんも、自転車を押して歩いてた。

「ごめんねー、ちょっと歩くけど。帰りはちゃんと送っていくからね」

「いや、いいよ。地図アプリもあるし」

「だめだめ！　不破さんに怒られちゃう！」

こんなところにも絢の影響力が……。

絢と一緒にいないときでも、絢に守られてるんだと思うと、自分を表すタグに『不破絢のカノジョ』と貼(は)りつけられてる気分になる。

でも、それが嫌だってわけじゃないのが、あたしの乙女たる理由なんでしょうね……。

「ねーねー、榊原お嬢様ぁ……。土曜日、ほんとに来てくれない？　遠くから見守っていてくれるだけでいいんだけど……」

「そんなこと言って、あたしが近くにいたら、なんだかんだ頼っちゃうんじゃないの？」

「うっ……その可能性は、大アリ……！　頻繁にトイレ行くことになりそう……！」

「あたしなんかより、晴ちゃんに集中してあげなさい」

多少偉そうに突き放す。夏海ちゃんのためにならないからね。

まじのがちで、デートできなさそうな子に対しては、もうちょっと親身にもなるけど（冴ちゃんとか……）夏海ちゃんにはぜったいそんなの必要ないから。あと足りないのは自信だけ。

自信だけ、か。

「でも実は夏海ちゃんって、あたしの周りでもいいなーって思ってる子、多かったんだよね」

「え⁉」

夏海ちゃんが目を剝く。

「もし女子と付き合うんだったらー、みたいな話をしたときに、ほとんどの子が夏海ちゃんがいいなーって言ってたし」

「なにそれなにそれ！　詳しく！」

夏海ちゃんがチリンチリンと自転車のベルを鳴らす。なぜ鳴らした？

「詳しくって言われても、もちろん誰がどんなことを言ってたか、みたいなのは言えないけど。まあ、夏海ちゃんって可愛いし、美人だし。優しくて、面白くて、気配りもできて、そもそもモテるに決まってるよね？　みたいな」

「は――」

夏海ちゃんが顔を両手で覆う。

「初めて言われたー！」

「おっと！」

倒れかけた自転車を、慌ててあたしが支える。

「私、中学では男の子みたいなキャラで！　男子とも仲良かったんだけど、でも女の子と一緒に遊ぶ方が楽しくてさー！　なんだけど、カワイイ女子グループとかとはあんまり縁がなくてさー！　いいなーって思ってたんだー！」

「そうだったんだ」

だからあの自己評価の低さなのかな……？

「榊原とかにそう言ってもらえるなんて、私、胸がいっぱいだよー！」

「ははは」

まあ……。誰ともそんな話をしたことはないんだけどね……。

でも、心にもないことを言ってるわけじゃないから！　なので、罪悪感とかは抱いてない。

だって夏海ちゃんがかわいいのは事実だし、女子からだってモテそうだし。

「委員長ポジは大変だよね。なんか、しっかりしてるのが当たり前っていうか、人付き合いのハードルあがっちゃってるもんね」

「そうかなー⁉　そうだねー！」

「夏海ちゃんは部活でも部長やってるし」

「好きでやっていることだけどさー！」

「そうやって、がんばってますアピールせずに、キチンと仕事してる夏海ちゃん、やっぱり偉いと思うよ。晴ちゃんだって、夏海ちゃんのがんばってるところ、ちゃんと見てるよ」

「だといいなー！」

「うんうん」

自転車を押しながら、ぽんぽんと夏海ちゃんの肩を叩く。

「だから、大丈夫。土曜はぜったい大丈夫。ふたりならぜったい楽しめるよ」

「うわはー」

妙な声をあげて、夏海ちゃんが天を仰いだ。

「私、榊原のこと好きだなー！」

「あはは、それはどうも」

「高校卒業した後にルームシェアとかできちゃうぐらい！」

「いや、それはゴメン。絢を含めて三人で暮らすと、たぶん夏海ちゃんが気まずい思いをするだろうし……」

たぶん、毎日ただれた生活するだろうから……！

「いいよ別にそれでも！　空気になってるから！」

「ハート強すぎでしょ！　そんな騒がしい空気があるか！　だめだめ！」

「フラれたぁー！」

夏海ちゃんはなぜか嬉しそうにしてた。

ひとまずこれで、インスタントな自信の注入は、できた、かな？

「こういうのしかないけど、いい？」

そのまま、夏海ちゃんの部屋。さっすが、あたしの部屋よりは一回り広い。ラケットが立てかけてあったり、ダンベルや腹筋ローラーが転がってたり、体育会系な雰囲気のするお部屋だ。

見せてもらったのは、スポーティーなビキニ。一見は簡素だけど、片側がワンショルダーになってて、後ろのリボンで結ぶタイプ。夏海ちゃんのスタイルをさらに引き立ててくれそう。

「え、ふつーにめっちゃかわいいじゃん！　センスいい！」

「そ、そお？　なんとなーく選んだだけだったんだけど……。なんか、榊原にそう言ってもらえると、調子に乗っちゃうなー！」

「乗って乗って。世界一かわいいぞ、伊藤夏海♡」

「不破さんよりもー？」

「ごめんな」

「あっはっは！　着替えてくるね！」

夏海ちゃんは廊下に出て行った。あっという間に着替えて「ばばーん！」と戻ってくる。

「お待たせー、榊原！　今、夏に向けて絞ってる最中だから、あんまり細部は見ないようにね！」

「おっけおっけ」

そうだ。季節外れの水着画像ということは、体のアレコレお手入れの問題もあったんだ。

その上で、惜しげもなく水着姿を撮らせてくれる夏海ちゃんの度量の広さよ。これが人の上に立つ者の器……！

ほんのりと焼けた肌と、真っ白なトップのコントラストが美しい。ハイライズなショーツも、夏海ちゃんの長い脚があらわになって、とっても似合ってる。

玲奈も嫉妬しそうな健康的な美貌に、あたしはカシャカシャとスマホのカメラを鳴らした。

お部屋の中での水着は場違いで、どこかちょっと間抜けだったんだけど、夏海ちゃんのノリの笑顔がかわいかったから、予想外にいい写真になってしまった。

「ありがとう、夏海ちゃん。あ、でも……その、これ、悪用するつもりはぜんぜんないんだけど、公序良俗に反しない使い方をすると誓うんだけど、人に見せてもいいかな」

おずおずと尋ねると、夏海ちゃんは。

「いーよいーよ！　榊原にあげたものだから、好きに使ってもらっちゃって！」

なんて信頼だ……。あたしならぜったい悪いことには使わないという信頼……。あたしが絢に百日間を百万円で売っ払った人間だってことは、墓場までもっていかなくっちゃ……。

「っていうか、これだけじゃなくてもね！」

夏海ちゃんが学習机の椅子（いす）に座って、あぐらをかく。細長い指でピースを作りながら。

「榊原には、他の人に言えないこととか、いろいろ相談しちゃったからさ。榊原だって、他の子に言いにくいことあったら、なんでも言ってくれて、いいからね。私、声はおっきいけど！　ちゃんとヒソヒソ話だってできるから！　やろうと思えば！」

どこか茶化すような口調だったけど、でも、夏海ちゃんはいつもそうだ。

大事な苦い薬みたいなのを、ちゃんと糖衣（とうい）に包んで渡してくれる。その優しさと気配りが、やっぱり夏海ちゃんの人間力を表してるみたいだった。

水着画像をあげてもいい理由を、わざわざ夏海ちゃんの口から言ってもらう必要もない。警戒も心配もない。ただ、あたしへの友情と、信頼感だけが伝わってきた。

「夏海ちゃんは、いいやつだなあ」

「榊原ほどじゃないけどねー！」

もし仮に、玲奈のミッションに失敗して、あたしがクラスで窮地に立たされたとしても。

たぶん、夏海ちゃんは最後まで味方をしてくれるんだろう。

それは安心だ。けどその一方で、そんな優しい夏海ちゃんに心配かけるようなことは、したくないわけで。

周りにいるやつが、いいやつであればあるほど、あたしはますます玲奈に負けるわけにはいかない……って思うのだった。

ともあれ、これで夏海ちゃんの水着画像ゲット！

「よっしゃ、それじゃ送ってくよ、榊原！」

「夏海ちゃん水着のままなんだけど！」

「ほんとだ！　寒そうだし、一応コート羽織っていくね！」

「着ろ！　服！」

夏海ちゃんとルームシェアして生きる人生も、もしかしたらあったのかもしれない。それも楽しそうだけどね！

その日、夏海ちゃんの水着画像を入手するための長い一日を終えて、20時過ぎに自宅に帰ってくると。

なぜか家には絢がいた。

「あれ⁉ どうしたの？ バイトは？」

「きょうはちょっと早く終わって」

めちゃめちゃびっくりした。玄関開けたら絢の靴があるんだもん。いつの間にルームシェア始まってた？

リビングからお母さんの声が聞こえてくる。

「鞠佳ー。ごはんまだなら、お弁当あるから、適当に温めて食べてねー」

「あ、うん」

とりあえず手洗いうがいを済ませ、髪をブラッシングしてわずかについた花粉を落とす。それから部屋着に着替えて、リビングにやってきた。

「それで、どうしたの？ 絢」

お母さんが買ってきたチーズハンバーグ弁当を食べる。隣に制服姿の絢が座ってて、スマホをいじるも、なんか落ち着かない。

「うん。きょう、泊まっていくから」

「え⁉ 明日も普通に学校だよ⁉」

絢はこくりとうなずいた。よく見れば、リビングにはちゃんと絢のお泊まりバッグが置いてある。

斜め向かいに座るお母さんに、なぜ？　の視線を向ける。すると、お母さんも首を傾げて。

「まあ、きょうはもう遅いし。ちゃんと親御さんから許可を取ってきたみたいだし、いいんじゃない？　絢ちゃんがお嫁に来てくれたら、我が家もにぎやかになっちゃうねえ」

「ちょっとお母さん⁉」

叫ぶ。だけど絢は落ち着いた態度で、微笑んでた。

「すみません、突然押しかけて。ありがとうございます、おばさま」

「いいのいいの。絢ちゃんが来てくれたら、鞠佳も楽しそうだから。なんというか、笑顔がイキイキしてるのよね。はあ、鞠佳もこういう顔をするようになったんだなあ、って」

「余計なことは言わなくていいから！　お母さん！」

口を挟んでも、お母さんも絢も笑ったまま。

学校で大人気のあたしも、家庭内カーストでは最下位の模様。ぐぬぬ。

このまま放っておいたら、お母さんが絢にあることないこと吹き込みそうなので、あたしはさっさとお弁当を食べ終わって、片付けてから絢の手を引いた。

「絢、部屋にいこ！」

「ええっ⁉　私の絢ちゃんを！」

「あたしのだから‼」

大股でずんずんと部屋に戻る。すでに部屋には、布団セットが準備されてる。あたしが帰ってくる前に、ちゃんと用意してくれてたらしい。周到。

ふう。一息ついて、ドアを閉める。ぼんやりと立つ絢に、問う。

「それで、その、どうして急に、お泊まりを？」

昨日のきょうで絢とふたりっきりなので、もじもじしてしまう。

異物感は朝に比べてかなりマシになったけども……でも、きょうはお母さんもいるし……！

「うん、えっと。その前に、先にお風呂入ろっか」

「え？　う、うん……」

こくこくうなずいて、リビングのお母さんに声をかけてくる。

「お母さんー、先にお風呂入ってくるー」

「はーい。絢ちゃんと一緒に入るのー？」

「入んないけどー⁉」

怒鳴った後に振り返ると、絢が『入らないの？』という目でこっちを見てた。

いや、だって！

友達が遊びに来て、ふたりで一緒にお風呂に入るとか、そういうシチュエーションじゃないじゃんこれ！　あたしと絢は付き合ってるんだぞ！

仮にあたしが一人息子だったとして、恋人の絢ちゃんが泊まりにきて、ふたりで入ってこいなんて言うか⁉　うちのお母さんなら言いそうだ！　詰んでる！

「入りません……。あたし、先に入ってくるからね……」

「わかった」

するとすると絢はあたしの部屋で丸まった布団セットに寄りかかりつつ、スマホを開いた。

別に追いかけてくることもない。聞き分けのいい子だった。あたしがひとりでドタバタしてただけか……？　こいつめ……。

ちゃかちゃかお風呂に入って、出てくる。交代で、絢をお風呂に追いやった。いまだに、なぜ絢が我が家にやってきたのかは、わからないままである……。

一応、自室に戻ったお母さんにも、聞いてみた。

「お母さん、絢、どうしてうちに来たって？」

「え、知らないけど。そういう気分だったんじゃない？　あ、ただ、あんまりうるさくしないようにね」

顔が爆発するかと思った。

「う、う、うるさくって！」

「え？　平日なんだし、あんまり夜まで騒いでちゃだめだよ。早く寝なさいね」

そりゃ当然そういう意味に決まってる！　あたしは「わかった！」と返事して、逃げるように自分の部屋に戻った。めちゃめちゃ恥ずかしい！

すっぴんパジャマになって、無の境地で学校の課題をぺらぺらめくってるところで、絢が出てきた。下着姿だった。しかも、なぜか上下ともに新品の下着をつけてる。

「あれ？」

「うん？」

いや、絢は寝るときにブラつけない派だったはずなんだけど。ナイトブラってわけでもない。ちゃんと刺繍（ししゅう）のついてるかわいいやつだ。

目の前で、絢は持ってきたボストンバッグから取り出した服に着替え始める。

それはブレザーの制服だった。

「どこの高校の⁉」

「なるべくかわいいのを選んだから、学校名はしらないかな」

「一から十までぜんぶわからないんだけど⁉」

なに？　このシチュエーション。わからないあたしがおかしいの？　いやぜったいそんなことはないと思う。

絢は軽くブローした髪を束（たば）ねて、バッグからごそごそとなにかを取り出す。

「あの、つまりはどういう」

「これ」

ラミネートされた一枚の紙を差し出してきた。

そこにはかわいいフォントで『絢リフレ』と書いてあった。

「あやりふれ……」

日本語で書かれてるはずなのに、理解ができないなあ……。

「リフレクソロジー。リフレックスとオロジーを合わせた造語で、高いリラクゼーション効果のあるマッサージなどを施術することを言うね」

「なる、ほど……」

絢があたしのベッドの上に、分厚いバスタオルを敷いた。

「どうぞ、鞠佳」

「寝ろと」

「ああ、その前に、コースはどうなさいますか？」

「こ、コース……？」

紙を裏返すと、メニューが記載されてた。

・基本リフレ　無料（鞠佳のみ）
・密着リフレ　無料（鞠佳のみ）
・裏リフレ　　無料（鞠佳のみ）

「なにこれ……」

「当店のコースになっております」

「このカッコの中、いる……？」

「いちおう、口コミで広まっても対応できないよ、って記載しておいた」

あたしが誰に言いふらすっての……こんな話……。

しかもこの裏リフレって、ぜったいえっちなことするやつじゃん………。

「さ、うつぶせに横になって、鞠佳。ああ、パジャマはちゃんと脱いで、下はショーツだけでおねがいね」

「やっぱＪＫにえっちなことされるお店じゃん⁉」

叫ぶと、絢はじっとりした視線を向けてきた。

「鞠佳って、そういう偏った知識ばっかりあるんだね……。いつも、えっちなことばかり考えてるから……」

「じゃあ裏ってなんだよ！　言ってみなさいよ！」

問い詰めると、絢は視線を逸らす。

「学校では、見守ることしかできないから」

「え？」

ぽつりとつぶやいた絢の声は、どこか寂しげだった。

「だからせめて、鞠佳をちょっとでも癒やしてあげたくて」

「え、あ」

つまり、絢は……。

あたしが学校で大変そうだけど、自分は見てるだけしかできないのが歯がゆくて、我が家に泊まってまで、あたしを癒やそうとしてくれてるってこと……？

そんな、ウルトラ健気でかわいいことを、絢が……。
する。絢はあたしをからかって遊ぶときに色欲を司る悪魔みたいになるときもあるけど、恋人に一生懸命尽くすウルトラ健気な女の子でもあるのだ。

「そのままでいいから。ほら、ねころんでみて」

「う……うん」

絢に優しく促されて、あたしはうつぶせになる。

あたしの腰の上に、体重をかけないように乗った絢は、両手でぎゅっぎゅとあたしの肩を揉みしだく。

人にマッサージされるのとか、ほとんど経験ないけど……。

「どう？」

「……なんか、ちょっときもちいいかも」

「それはよかった」

「でも、その制服は……？」

「鞠佳がちょっとでも、気分がもりあがればいいな、って」

カーディガンの萌え袖を揺らす絢。

あまりにも行動が不審だったから、ぜんぜん注目してなかったけど、そりゃもうかわいい。

セーラーの絢は抜群に美人なんだけど、ブレザーの絢はなんか、品のいいお嬢様って感じがする……。めちゃくちゃかわいい。

それもぜんぶ、あたしのためで……。

うっ、やばい……。あたし、この子のこと、好きだ……！

好きの気持ちが、胸の中からあふれてくる。

「え、えっと……服、脱ぐんだよね」

「うん」

あたしはパジャマの上も下も脱いで、下着一枚になった。胸を隠すみたいに、うつぶせに。

絢の手があたしの肩に触れた。ぬるっとした感触。

「ひゃっ、な、なに？」

「アロマの、エッセンシャルオイル。昔、鞠佳が私にプレゼントしてくれた香りをえらんだんだ。自分のきらいな香りを、人にはプレゼントしないんじゃないかなっておもって」

「う、うん……。すきな香り、だけど……」

あたしもヘビロテしてる。バニラと混ぜた甘めのローズの匂い。

絢の手があたしの肌を滑るたびに、体の内側からぽかぽかと温かくなってくる。

きもちいいっていうより……心地いい。

肩から首筋。背中から脇腹。ゲレンデを滑るみたいに、指があたしの表皮を撫でてゆく。

「動画をみただけだから、うまくできているかわからないけど」

「ん……じょうずだと思うよ、絢」

「そっか。よかった」

ふふっ、とあたしの背中で絢が微笑む気配がした。

だって……。

マッサージの技術はまだまだかもしれないけど、誰よりあたしの肌に触れて、あたしを普段きもちよくしてるのは絢なんだから……下手なわけないよね……。

「はぁ……」

思わず、声が漏れる。冬の日に熱いコーンポタージュを飲んだときみたいに、ほっとする。

「鞠佳、声がとろけてる」

「いやー……マッサージっていいもんだねえ……」

「耳をひっぱったりとかも、きもちいいみたいだよ」

「お、おお……」

絢が少量のアロマを指に垂らして、耳の後ろをこすってくる。なんかマッサージっていうよ

り、ツボを押されてるみたいな……。

「目に効きそう」

「それはこめかみとか、あと首の後ろらへん」

「きもちいい。あ、花粉症に効くツボとかも、あったらお願いします」

「ふふっ、こんど調べておくね」

絢が態勢を変えて、次は下半身を重点的にマッサージしてくれた。

自分では意識してなかったけど、上半身よりも下半身のほうが凝ってたみたいだ。ちゃんと痛気持ちいい。

いや、もしかして昨日のアレで酷使しちゃったから……？　なるほどね。

しかし、上半身裸だけど、あんまり恥ずかしくない。あくまでもマッサージなので合法。

万が一、お母さんが踏み込んできてこの現場を見られても、まだ言い逃れできる。絢がブレザー姿なのは、そういう趣味なんだと言っておこう。実際、その節あるし。

コスプレ趣味の女はあたしの上から下りる。

「それじゃあ、基本リフレはこんな感じ」

「おー……ありがとうー。なんか、すっごく癒やされたー」

またひとつ、知らない快感を教えられちゃったな……。さすが絢……。

アロマを全身に擦り込まれて、心なしか喋り方もふわふわしてるあたしに、絢が顔を近づけてくる。

「それじゃあ次は……どうする？」

「次、って」

「密着リフレ」

う、それは……。

ぜったいえっちなやつだと思うんだけど、せっかく絢が用意してくれたわけだし……。と、いう言い訳を自分にしてあげつつ……。

「じゃあ、お願いします……」

「では、密着リフレコース、はじめます」

妙に仕事っぽい雰囲気を出しつつ、絢がブレザーを脱ぎ始めた。

「なんで⁉」

「密着リフレコースなので」

「もうすでにいかがわしいんだけど……」

「当店はそういうお店じゃありませんので、かんちがいしないでくださいね、お客さま。鞠佳にだから、特別サービスしてあげてるんだよ」

「それは、どうもありがとう……？」

ついに絢は制服をぜんぶ脱ぎ去って、下着姿になった。いや、それからブラを外して、トップレスになる。絢の美乳が眩しくて、目を逸らす。もういかがわしいとかそういうレベルじゃなくなってきた。

「ベッドに横になって、鞠佳」

「う、うん」

言われた通り横になると、なにやら後ろのほうで絢がゴソゴソ準備してる。どうしよう、ドキドキしてきた。なにをされちゃうんだろう。そもそも『密着リフレ』っていったい。

すぐに答えがやってきた。絢も同じようにあたしの後ろに横になった。大きくはないベッドなので、もちろん肌がぴったりとくっつくわけで……。

「密着リフレ……」

やわらかなおっぱいが背中に押し当てられてる……。あんまりしない態勢だから、なんか照れる……。

「リフレ部分は、まだこれからだよ」

「ひゃ……」

後ろからさらに抱きすくめられる。手のひらにアロマを塗りたくった絢の手が、あたしの身体の前面を這い回る。

「こ、これって」

「このまま、マッサージしていくね」

「いや、あの……」

一応、デコルテマッサージとかはしてくれてるけど……。そもそも背中に絢の胸が当たってたり、裸が密着してるわけで、ぜんぜん集中できない。

「きもちいい?」

「う、うん……きもちいい、けど……」

でも、気持ちよさの質がさっきまでとは違くない……? これ、だって……。

マッサージっていったいなんだっけ……という気持ちになる。これは、完全にただの愛撫ではデ……?

絢の手は胸を避けて、お腹からふとももへと流れてゆく。あくまでも私はリフレクソロジーしてますよ、という態度。

あたしは絢の考えが読めた。最初の基本リフレで安心させて、次の密着リフレでその気にさせて、そして裏リフレであたしをメロメロにするつもりだ。絢のいつもの手だ。

もちろん、あたしを癒やしてあげたいって気持ちに嘘はないだろうけど……。え? ひょっとして絢って、えっちなことをすればあたしが癒やされるって思ってる……?

なんというかそれは、複雑だ。いつも家で飲むヨーグルトを飲んでるからって、高級レストランで勝手に飲むヨーグルトを注文されたような気分だ。『これ好きだからいいんでしょ?』みたいな。(置いてないだろ、というのは横に置きつつ)

いや、好きは好きだけど！　人間そればっかりってわけじゃないし……！　ムードとか、その日の体調とか、気分とかで、したいことって変わるから！　決めつけられてるのは、ちょっと不本意だなー！

あたしだって、絢とふたりでトランプしたり、お喋りしたり、あるいは一緒に動画みたりするだけで、じゅうぶん満足できて、癒やされるんだからね！

絢の指がするすると上ってきて、また胸の周りをいじり始めた。

「ふー……」

深い息をつく。脚がもじもじと動く。いや、これはただの反射なので……。

さらに、絢の脚が絡みついてきた。あたしの脚を抱き込むみたいにしてくるから、密着具合はマシマシ。こんなことであたしは籠絡されたりなんて、しないし……。

ううう……。体がじんじんしてきた……。息が、はぁはぁと荒くなっちゃうよ……。

アロマの香りと、絢の体温がまじりあう。どんな匂いより、あたしを昂らせる。

「すきだよ、鞠佳」

「っ」

み、耳元……。

後ろからささやかれて、あたしは体を震わせる。

「すき、だいすき。きもちよくなって、鞠佳」

「そ、それ反則ぅ……」

絢のぬるぬるの手に体を気持ちよくされながら、素足を絡めてきて、さらに透き通るような声で耳の中まで愛撫されるとか……。

「うう……」

あたしは肩越しに振り返る。軽く驚いた絢の唇に、唇を押しつける。舌を吸う。もどかしい気持ちをぶつけるみたいに。

ふぅふぅと息をついて離れて、唇を尖らせる。

「いじわる……」

「ごめんね、鞠佳」

「……いつもと同じようなえっちなことしてくるくせに、建前だけリフレって言って。あたしのこと、ずっと焦らしてる……」

「ごめんごめん、大好きだよ」

絢が微笑みながら、あたしの頭を抱きしめてくる。

むー……。そりゃ、絢を寂しくさせちゃったのは悪かったけど。こんな形で意地悪してくるなんて……。絢らしいけどさ！

「……裏リフレ」

「ん」

頬を撫でられる。キスをされる。

眼前の絢が、すごくきれいな顔で、微笑む。

「たのんじゃう？　それ」

「うん……してほしい……」

絢の手の甲に、手のひらを重ねる。

「ちゃんと、声、ガマンするから」

「わかりました。それでは裏リフレコース、はじめますね」

くすくすと笑った絢が、身を起こす。

「ただ……初めてだから、うまくできなかったら、ごめんね」

「初めて、って……」

見上げる裸の絢は、なんだか朱色に染まってるようだった。

絢も、照れてる……？　そんなこと、滅多にないのに。

「脱がして、いい？」

「じ、自分で」

絢があたしのショーツを脱がしてこようとするので、あたしは慌てて自分で脱いだ。いや、だって……なんか、あんなに感じてたから、きっと、恥ずかしいことになってるし……。

同じように、絢も下着を脱いだ。赤裸々な絢が、のしかかってくる。

「重い？」

「ううん、だいじょうぶ」

あたしの太ももをまたぐようにして、絢が足の位置を入れ替える。それはまるで、凹凹のブロックを組み合わせるような態勢だった。

「これって……？」

「…………」

なにも言わず、顔を赤くした絢が、ゆっくりと腰を落としてゆく。

「えっ、えっ……？」

「……あんまり、見ないで」

いや……ムリだってば……。

だって絢、そんなにいやらしい顔、してるもん……。

「ん……っ」

「あっ」

同時に、声をあげてしまった。潤んだ絢のきもちいい部分が、あたしのそこにくっつけられて……濡れた音がする。

ぴりっとした感覚に、あたしの目がにじむ。思わず、絢を見上げて問いただす。

「な、なにこれ」

「……こういう、やり方も、あって……んっ……」

絢が腰を動かすと、大切な部分がこすり合わされて、今度はさっきよりずっと強い快感が、ぴりぴりと下半身を痺れさせる。

「あっ、うぅ……」

近づいたり、遠ざかったり。どこかもどかしさを覚えるような気持ち。白い霧の中のような、きもちよさの感覚を掴みたくて、あたしは固く目をつむった。

「……まりか、まりか……」

繰り返す絢の言葉と、グラインドするように動く腰。それは徐々に、輪郭を帯びてゆく。かすかな光が、まぶたの裏に膨らんでゆく。

「あっ、あっ……い、いい、絢ぁ……」

「うん、私も……ちょっとずつ、わかってきた、よ……」

あたしの脚を抱き枕みたいに持ち上げて、絢が円を描くように腰を動かす。その行為はさっきよりずっと大胆になってた。比例するように、理性が溶かされてゆく。

舌や指とは違って、圧迫されるような刺激。ときどき強すぎたり、ピントが合わなかったりするけど……でも、なんか、ふたりで一緒にきもちよくなってる感じがして……。

知らなかった初めての行為。やば、これ……きもちいいかも……。

「あたしも……あや……」

「えっ？　あっ……んっ！」

あたしがぐるんと腰を回すと、今度は絢の口からかわいい嬌声が漏れた。

えへへ……と恥ずかしそうに含み笑いを漏らすと、絢がわずかに頬を膨らませる。

「……裏リフレなんだから、鞠佳は、されるほう……！」

「えっ、やっ」

絢はまるであたしを押し倒すみたいに上体を倒して、胸に手を伸ばしてきた。やだ、そんなの、反則。

先っぽを容赦なく摘まれて、あたしはびくんと震える。

「んん〜〜っ……」

必死に口を押さえて、頭を振る。

だけど調子に乗った絢は、あたしの胸をいじくり回しながら、さらにちゃんと腰まで絶え間なく動かしてきて。もう、こんなのばっかり、絢はすぐ上手になるんだから。

絢だって、初めてだって言ってたくせに……。アルバイトだって、学校でだって、きっとあたしのほうがうまくできる。なのに、こうして一対一、ベッドの上だと、あたしはぜったいに絢に勝てないみたい。

悔しいけど、でも、それ以上に満たされてゆく。だって絢は、あたしをすごくきもちよくしてくれるから。

「んっ、んっ、んっ」

「まりか、ふふ、きもちよさそう……」

「うん、うんっ」

こくこくこくとうなずく。絢は満足げに微笑んで、腰をぎゅっと押しつけてきた。あたしはもう胸だけじゃなくて、すっかり下のほうでも快楽を貪ってる。さっきまでのぎこちない刺激が嘘みたいにきもちいい。まるでちゅっちゅとキスするように、絢が脚を絡めてきた。だめ、声が出るから。聞こえちゃう。唇を固く結ぶ。

「――っ」

間一髪。あたしの身体が弾け飛ぶように震える。

跳ね上がるあたしを、絢が強く、しがみつくように抱きしめてきた。

その熱さに包まれて、あたしの意識は一瞬、宵をさまよう。

はぁ、はぁ、はぁ……と自分の呼吸音が、耳に届いてきた。

薄く目を開く。すると、あたしを見下ろした絢がそこにいた。髪を垂らしたその美しくみだらな裸体は、まるで女神みたいだった。

女神さまは、心から幸せそうに、微笑む。

「裏リフレ、きにいってくれたみたい。よかった、鞠佳」

「……うん……」

絢が指先であたしの前髪をかきわける。そのまま、唇に優しいキスをされる。

「あのね……。鞠佳、昨日その……したから。だから、きょうはあんまり、ナカのほうはいじらないようにしようって思って、考えてみたの。私も、きもちよかったよ」

「ん……」

あたしは、じっとりと絢を見つめながら、唇を尖らせた。

「……あやは、えっち……」

「うんっ」

絢は嬉しそうにうなずいて、腰を動かすから、あたしはまた切ない吐息をこぼしたのだった。

結局。

なんかもう汗やらニオイやらで、ふたりでシャワーを浴び直すことになった。お母さんが寝てるから、こっそりとね……。

「貝合わせ、っていうんだよ」

「へー……」

またひとつ、人には言えない知識を絢から伝授されてしまった。

ぱちりと電気を消して、あたしはベッドに、絢は床に敷いたお布団に、それぞれ横になる。

おんなじベッドに入ると、眠れなくなっちゃうかもだからね！

「……AVで勉強したの？」

「うん。ただ、実際はうまく気持ちよくなれないことも多いんだって。鞠佳のことをいっぱい焦らした後でよかった。他にもね、体位がいろいろとバリエーションあってね」

「絢はえっちだー……」

あたしは顔を手で覆って、うめく。

こんなにもえっちな恋人と付き合ってるんだから、あたしもえっちになっていくの当たり前じゃんー……。

「裏リフレとか言って、ほんとは絢が気持ちよくなりたかっただけなんじゃないのー……？」

「……ふふっ、きもちよかったよ、鞠佳」

絢が照れてもじもじする気配が伝わってくる。

あーもう！　かわいいなあもう！

明日学校じゃなかったら、絢をいっぱい抱きしめるのに！　明日学校じゃなかったら！　そして、玲奈の無茶ぶりの最中じゃなかったら！

「はぁ……あ、そういえば絢って、水着って持ってる？」

「うん、あるよ。修学旅行に持っていくやつ」

「ふーん」

そっか、絢、もう水着持ってるんだ。どんな感じなんだろうな。

「見たい？」

「うん」

「だったら、今度持ってきてあげる」

「いいの？」

「とっておきだから」

暗闇（くらやみ）の中、絢の微笑みが見えた気がした。

「鞠佳にだけ、見せてあげたい」

「……」

あたしは思わず黙り込む。メイド服とか、ブレザーとか、絢はいろいろコスプレしてくれるけど、そのぜんぶ、あたしのために着てくれてるんだよね。

当たり前だけど、なんか、じーんとする。

「すっごく、癒やされた、絢。明日から、またがんばるから」

「うん」

小さくうなずいた絢が、笑う。

「疲れたらまたいつでも言ってね。私にできることを、一生懸命、してあげるから」

「うん……えっちなことだったけどー……」

「だって鞠佳がいちばん喜ぶのが、それだからね」

「違うのにー！」

あたしと絢のいつも通りの、特別な一日は、こうして過ぎてゆく。

がんばるからね、あたし！

金曜日。きょうはやらなきゃいけないことが、メチャクチャ多い。

絢と一緒に起きたあたしは、この日、絢と一緒に家を出た。

ただ、そのままラブラブな感じで登校するのもみんなに見せつけてるみたいでありえないので、最寄り駅で別れる。絢には五分ほど遅れて来てもらうことにした。

昨日までのあたしだったら罪悪感があったかもだけど、きょうのあたしはちゃんと絢の気持ちがわかってる。それに、やる気だって燃えてる。やる気ってのは、自分を貫くこと。今のあたしは、自分の行動が間違ってないと信じてるから！

天気が危うくて、花粉の飛散量が抑えられてるのも救いだ。昨日たっぷり絢にも癒やしてもらったことだし、エネルギーだけは充填されてる。がんばらなくっちゃ！

「おっはよー」

先に来てた悠愛に挨拶するも、きょうはなんかへんにょりしてた。

「まりかー。ちーちゃんきょうも休みだってー」

げ。知沙希に用があったのに……。

あたしはなるべく表情に出さないようにしつつ、問う。

「え、ええと……そんなに具合悪い感じ？」

テンションの降下も相まって、とても心配してるような声が出てしまった。

すると案の定、悠愛は逆に両手をぱたぱた振って。

「あ、ううん、ぜんぜんそーゆーのじゃないんだけどね。っていうかただの風邪なんだけど。様子見ってだけぽい。きょう休んだら四連休になるし、休んじゃおーぐらいの。大丈夫！　まりかにはあたしがついてるから！」

急に元気になって、ぱっと笑顔を作る悠愛。

あっ、そうか。あたしが知沙希がいなくて不安になってると思ってるんだ。

そういう気持ちもないわけじゃないんだけど、知沙希がいたらたぶん昨日の玲奈の発言の際に、とんでもないことになってたと思うので……逆にいなくてよかったというか！

知沙希は玲奈のことを敵視してるからな……。戦争と言っても、あたしは血を見たいわけじゃないので……。

でもいなければいないで困る！

悠愛は腰に手を当てて、プンプンと憤る。

「ていうかー！　まりかがこんなときに休むとか、ちーちゃんも空気読めてないよねー！」

「ま、まあそうかな」

あたしの後ろ。玲奈が「おはよー」と教室に入ってきた。

…………。あたしたちは特に挨拶も交わさず、されどお互いを意識してるかのごとく視線を交差させた。

腫れ物に触るみたいに教室が一瞬だけ静まって、玲奈がぷいと興味なさそうに背を向けた後——再び喧騒が戻ってくる。

あたしもこわばってた頬から、力を抜いた。

「……まりか」

威嚇する小型犬みたいに、悠愛が低い声を出す。

「あたし、ケンカとかぜんぜんやったことないけど、でも、まりかのためだったらがんばるからね……。いざとなったら、言ってね！」

「う、うん……。ありがとう」

なんか、悠愛までやる気になってるし……。

でも、武力は絢ひとりで間に合ってるし……。その気持ちは嬉しいけど、悠愛って感情が高ぶったらすぐ泣いちゃいそうだからな……。

そう思うと、あたしのグループって攻撃的なやつらばっかりじゃないか……？　類は友を呼ぶ？　あんまり否定できない！

ともあれ、知沙希が休むとなにがまずいかっていうと。

玲奈の認めてる五人の中には、知沙希の名前が入ってる。これはもう確実に。

一年のときは友達としてつるんでたふたりだ。玲奈が引き連れてる岸波や戸松みたいな、取り巻きじゃない。それってたぶん、認めてたってことだろう。（そして悪いけど、たぶん悠愛は入ってないのだ……。悠愛は顔がかわいくて愛嬌がある子だけど、顔がかわいくて愛嬌がある子なだけだから……）

あたしが現時点で獲得した水着画像は、夏海ちゃんの一枚だけ。日曜日にひな乃のアルバイトを手伝って、写真を撮らせてもらうとして、それで、ようやく二枚。

相談のハードルが低いこともあって、知沙希からはなんとしてでも水着画像をもらいたい。

「ねえ、悠愛。きょうってまた知沙希の家にお見舞いいくの？」

「いちおーそのつもりー。バイト前に、ちゃちゃっとになっちゃうけど」

「あたしも一緒にいっていいかな？」

そう言うと、悠愛が一瞬驚いた顔をした。

え？　そんなに意外な申し出じゃないと、思うん、だけど……。

優しい顔で、頭をヨシヨシと撫でられる。なんだ⁉

「まりか……。大丈夫だからね、あたしたちが精いっぱい、守ってあげるからね……」

「そういうことじゃなくて！」

寂しいとかじゃないから！　母性を出してこなくていいから！

絢がやってきて、なぜか夏海ちゃんまで『きょうは榊原の日だから！』と、うちのグループに張りついて、完全なあたし防衛シフトが組まれてゆく。

いや、ありがたい話だけどね……？

ただ、これはあたしのコミュ力の賜物というよりは、単純にこの子たちが善人なだけなんじゃないかな……。善人を見極めて囲むのもあたしの能力と言われれば、それはそう――ってそれは、調子乗りすぎ！

この日、玲奈は昨日みたいな派手な行動はしなかった。とりあえず、事態を静観してる模様。つか、ラインで『調子はどう？』とか聞いてきたりする始末。

あんたのせいで、めちゃめちゃ大変だよ！　と首根っこ摑んで耳に怒鳴ってやりたかったけど、それは自重。

簡単に怒りを発散させるものか……。すべてを一発に込めてやるんだ。

きょうが終わったら、土日を挟んで期日。

学校でできることは、きょうのうちにぜんぶやっておかないと。

さすがに授業にも集中できず、あたしはクラスをちらちらと見回してばっかりだった。

玲奈が認めてそうな人物。夏海ちゃんとひな乃、それに知沙希で三人は確定。だけど、残りふたりを見つけ出さないといけない。

例えば玲奈グループの子はどうだろう。戸松や岸波を始めとしたメンツは、さすが玲奈とつるむことを許されてるだけあって、どの子もかわいかったり美人だったり、華がある。

なんだけど、今の玲奈グループには、ナンバーツー的な子がいなくて、どちらかというと女王様とペットたち、みたいな力関係になってる。

玲奈の言う『認める』はたぶん、対等に話ができる相手、という意味だから……。ちょっと難しいと思う。

そもそも玲奈がグループメンバーを『みんなかわいい♡　大好き♡　いつまでもズッ友だょ♡』と思ってたところで、玲奈グループはいちばん玲奈の支配が及んでるわけで。

昨日あれほどトゲのある言葉を玲奈に投げられたあたしは、一味にとって最重要警戒人物なんだから、水着画像を回収するのはムリじゃない？

いや……それでも、三日丸々かければひとりぐらいは心を開かせて、水着画像を手に入れることはできるかも……。あの玲奈から寝返らせるとか、ワクワクする……。

って、それで空振りだったらどうするんだよ。ダメダメ。次、次。

夏海ちゃん含む、運動部グループ。

玲奈とは基本話さないんだけど、もしかしたら夏海ちゃんと玲奈みたいに、秘密の接点があるかもしれない！

ただ、それもやっぱり、今からひとりひとり打ち解けて『玲奈と実は仲良かったりする？』って聞いて回るのは、時間効率が悪すぎる。

ってていうか今のあたしがそれをやったら、戦争するために玲奈の弱みを握ろうとしてるって思われまくるだろうし！

立場がじゃっかん悪くなったからこそ、行動は慎重第一。奔放にしてられるのは、盤石のポジションを得てる子（あるいは失うものがない子）だけなのだ……。

クラスには、その他にもいくつかの仲良しグループが点在してる。あたしのグループとかもそう。文化系グループとか、ちょこちょこ陰な子たちとか。ただ、彼女たちが個人的に玲奈に一目置かれてるのかと聞かれたら、微妙なところ。

……そもそもこれ、完全に玲奈の脳内当てクイズだよね。

だったら、あいつの好みのタイプを考えたほうが早いかもしれない。

玲奈は大人たちの間で活躍してるモデルだけあって、グループでいるよりは、自立してる女のほうがお気に入りなんだろう。例えば、ひな乃みたいに我が道を行くキャラ。

でも、そんなやつ、他にいるかな……？　単純にぼっちの子は、玲奈も見下してそうだし……。ひょっとしてこのクラスに認めてる子は三人しかいないのに、あたしがジタバタしてる姿を見て、楽しんでるとか……。かぐや姫の求婚みたいにさ。

あれ、まてよ。

クラスを眺めてて、あたしはふと気づいた。もしかしたら。

きょうの帰り、声をかけてみよう。四人目が、見つかったかもしれない。

「ごめん、悠愛。知沙希の家、先に行っててもらっていい？」

「あ、うん、いーけど――」

台詞終わりを待たず、あたしはリュックを摑んで早足で歩いてく。すれ違うクラスメイトに、じゃあね、またね、と挨拶しつつ。

結局、きょうは一日、玲奈がナイショにしてる交友関係がないかどうか、調査をしてた。しかし、幻の五人目が見つかることはなかった。あとはもう土日しかないのに！

だから、この四人目だけはちゃんと確保せねば……。

たったか歩いて、ようやく追いついた。

声をかける。

「ちょ、ちょっと、柚姫ちゃん、きょうだけやたら早くない？」

「え？　あ、鞠佳ちゃん」

あたしを見て驚いて足を止めるのは、全面的にあたしの味方をすると宣言してくれた、柚姫ちゃんだった。

「いっつも、帰りはのんびりしてるのに」

「ご、ごめんね～。きょうはちょっと用事があって～」

「いやいや、いいのいいの。あたしのほうが一方的に用事あっただけだから！　下駄箱(げたばこ)行きながらちょっとお喋(しゃべ)りしよ」

「うん」

そう、玲奈に認められた四人目とは、なにを隠そう頼永(よりなが)柚姫ちゃんのこと。

柚希ちゃんは独特な立ち位置の子だ。玲奈の前でパンセクシャルをカミングアウトしたり、ファッションだって自分の好きを追求してる。

周りの顔色を窺(うかが)ってないという意味では、玲奈に認められててもおかしくはない……。いや、認められててくれ！（願望）

とはいえ、問題はこっからだ……。どう会話をもっていくか。

あまりにも迂遠(うえん)に、いやーそろそろ夏だねー、海とか行きたい季節になるよねー、ってところから始めてもいいんだけど、そうすると、目的地に到着するまでの道のりが大変だ。流れがズレると、強引(ごういん)に話をもっていくのもどうしても不自然になってしまう……。

だとしたら、自分の言いくるめ力を信じて、直球勝負でいくか……。あたし、それしかやってないな……。

拝むように両手を合わせる。

「柚姫ちゃんに、一個お願いがあって」

「お願い？　うん、わかった、なんでもいいよ〜。鞠佳ちゃんのお願いなら、なんでも聞いてあげる〜」

　ほわほわした口調でこくこくうなずく柚姫ちゃん。な、なんでも……!?

　そんな無防備な、柚希ちゃん。ありがたいけども！

「実は……その、めちゃめちゃヘンなこと言うけど、いったん受け止めてもらえる？」

「え？　わ、わかった。どうぞ！」

　緊張した面持ちの柚姫ちゃんに、小声で。

「柚姫ちゃんの水着姿を、写真に撮らせてほしくて」

　いったん受け止めてくれた柚姫ちゃんは、すぐに顔を赤くした。

「…………え、ええええええ!?」

「そ、そうだよね！　やっぱりそういうリアクションになるよね！　いやー、これには深いわけがあってさ！」

「な、なんでゆずのそんな写真、撮りたいの〜……？」

「いや、うん。わかるよ、ドン引きする気持ちも、よーくわかる」

　逃げ出そうとした野良猫を餌付けするような気持ちで、相槌（あいづち）を打つ。

「端から見て、怪（あや）しいよね。でもこれはほんとに、ちょっとした個人的なお願いで。なにかに悪用とかじゃないから。あのね、事情があってクラスメイトの水着画像を何枚か集めないといけなくなっちゃって、それで頼める人が他にいなくってさ」

「事情～……？」

「うん、そうそう。なるべくだったら柚姫ちゃんにお願いしたいなって思って。柚姫ちゃんってほら、センスいいから、どんな水着もってるのかとか興味あるし。写真撮らせてもらえるだけでいいから、その、ぱぱっとね。ほんと一瞬で済むから」

まったく内容のない言葉を、濁流のように垂れ流す。

今回は、なにを言うかじゃない。とにかく感情だ。幸いにも、柚姫ちゃんはあたしに割と心を開いてくれてる。だったら、そこを存分に利用してみせる。

余計な情報を与えず、柚姫ちゃんの心のハードルをなんとか下げて、押し切るのだ。

「ね、お願い、柚姫ちゃん。悪いようにはしないから、あたしを信じて、ね？　さっきなんでもしてくれるって言ったじゃん。あたしを助けると思ってさ！」

柚姫ちゃんは逃げ腰のまま、上目遣い（うわめづか）いにあたしを見つめてくる。

「そ、それが鞠佳ちゃんを助けることになるの～……？」

「なる！　すごくなる！　っていうか柚姫ちゃんの水着画像がないと、ほんと困ったことになっちゃうっていうか、ここがまじで運命の分かれ道なんだよ！　ね、お願い！」

ただ、その水着をどういう用途で使うのかは、ちゃんと言わなければならない……。撮らせてもらった画像を勝手に人に見せるのは、あたしの良心が咎（とが）めるので……。

「でもね、撮った水着画像なんだけど、もしかしたらとある女子に見せなきゃいけない可能性があって……。そ、それも込みで、ぜひお願いしたいんだけど……！」

「他の女子って～……。で、でも、鞠佳ちゃんに見られるのが、いちばん恥ずかしいよ……」

顔を赤くして、うつむきながらお腹を押さえる柚姫ちゃん。まあ、恥ずかしいよね！　でも、

あたしに見られるのが恥ずかしいっていうなら！

「だったらあたしの水着も撮っていいから！　ほら、それならおあいこでしょ！　どうしても

必要なの。ねっ、お願いします、柚姫ちゃん！」

しばらく悶え悩んでた柚姫ちゃんは、観念したようにうなずいた。

「わ、わかったよぅ～」

「ありがとう、柚姫ちゃん！　友達！」

ふぅ、なんとかなった……。あたし、よくないスカウトとかになれそうだな……。

柚姫ちゃんはまだもじもじしながら。

「で、でもゆず、水着って古いのしか持ってないから……。それだと、どうしよ……？　鞠佳

ちゃんに、一緒に買いに行ってほしい、かも～……」

「うん、わかった！　あ、試着とかでもいいからね⁉」

「ふたつ返事だ～……」

友達の水着画像を手に入れるために、必死すぎる女。いや、きもいな……。

だめだ、冷静になっちゃいけない。あたしは、楽園のために行動をしてる……。だからこの

きもさも、将来のためには必要なきもさ……。

「ええと、じゃあ柚姫ちゃんって明日空いてる？　水着見に行こう」

「いきなり明日⁉　空いてるけど～……」

「よっし！」

ガッツポーズをするあたしを、柚姫ちゃんが悩ましげに見つめてくる。大丈夫大丈夫、ぜんぜんきもくないよ。ははは。

アイドルみたいな実に爽やかな笑みを浮かべたまま、下駄箱を開く。

自分の靴を取って。

「……ん？」

急な違和感に気づく。

「鞠佳ちゃん？」

「……」

靴を逆さに振る。画鋲が落ちてきた。

イヤガラセにしたって、な、なんて古典的な……。

「ま、鞠佳ちゃん、それ……！」

柚姫ちゃんが、青い顔で画鋲を指さす。

「こういうこともあるんだねえ。まあ、サバンナでも、弱った動物は群れから追い出されるっていうしね」

「そんな、他人事(ひとごと)みたいに……」

眉尻(まゆじり)を下げて悲しんでる柚姫ちゃんに、あたしはなんでもない顔で笑った。

「まあまあ、そんな大げさな。あたしは大丈夫だから、柚姫ちゃんも気にしないで」

「うん……」

柚姫ちゃんがあたしの裾(すそ)をちょこんとつまむ。あたしは、その場では「あはは」と笑って、なるべく空気を軽くすることに努めた。

にしても、画鋲か……。いったい誰(だれ)がこんなダサいことを……。あたしが引っかかると思ってるんだったら、めちゃめちゃバカにされてるじゃんね！

さてと、次は知沙希の家だ！　あー忙しい。

小学生の頃の話だ。

あたしがいじりの対象にされそうになったことがあった。

小学生鞠佳は、今よりだいぶ子どもっぽくて、ガキ大将みたいなやつ。

勉強はできたし、運動も得意。外見は悪くなくて、口も回る。ようするに、図に乗ってたのだ。目立つの好き！　マウント取るのきもちいい！　みたいに。

そんなあたしだから、周りから反感を買って、標的にされるのも納得の流れ。

もちろん、今でもあの頃に突っかかってきたやつのことは恨んでるけど、それはそうとして、自分自身にもやられるだけの理由があったって、受け入れてもいる。

最初のきっかけは、仲良かったはずのグループから、ハブられたことだった。

あたしが声をかけても無視されて、あっという間にひとりになった。

ただし、そこであたしは状況を受け入れなかった。陰口程度なら仕方ないってわかる。だけど、直接行動に移してきたら、それはもう戦いのゴングが鳴ったってことだ。

あたしは、主犯と思しきふたりを突き止めて、思いっきりケンカを売った。

校庭に呼び出した。言いたいことがあるならこんな陰険な真似しないで、はっきり直接言え、って詰め寄った。

我ながら無茶をしたと、今では思う。

けれど、取っ組み合いのケンカをして、あたしはその子たちと絶交することにはなったんだけど、なんとか元の小学校生活を取り戻した。

ただ……。問題はあたしとケンカしたふたりだ。

その子たちはあたしと違って、ケンカした後のクラスの立場はかなり微妙なものになってしまった。ふたりもお互い仲良く手を取り合って……というわけにはいかず、ひとりとひとりになり、結局卒業まで居心地悪く過ごしてたみたいだ。

ざまあみろ。

とは思えなかった。

あたし自身が彼女たちを無言で責める陰険な空気を作ることに加担したみたいな気分になって、胸が悪かった。

そこから学んだのは、戦争はあくまでも最終手段なんだな、ってこと。

戦争するのは簡単だけど、その前に、まだなにかできることがあったはず。後腐れなく、お互い納得してそれぞれの道を歩むような、そんなやり方が。

別に、あの子たちのためじゃなくて、ぜんぶ自分のためなんだけどね。

自分が最終的に嫌な思いをせず、快適な学校生活を送るため。あたしはもうちょっと平和的に生きようと、決めたんだった。

場の空気をコントロールして、嫌われ者を作らず、クラス全員がなんとなくいい感じの雰囲気で毎日を過ごせるように。それができれば、そもそも戦争なんて起きないんだから。

……なんて、ぼんやりと昔のことを思い出す。

見知らぬ子は、いったい、どういう気持ちで、あたしの靴の中に画鋲を入れたんだろう。

普段からあたしのことをムカついてたのか、あるいは他の理由があるのか。

密かに絢のことが好きで、だからあたしを嫌な気分にさせたかったたっていうんだったら、わかるんだけど。

こんなことをしたって、なんの意味もない。だってあたしは、この程度の嫌がらせで自分を曲げたり、へこたれたりなんてしないから。

ただ、理由だけが知りたかった。

あたしは誰かを知らないうちに傷つけたのかもしれない。

胸に画鋲が刺さったような気分で、あたしは知沙希の家を訪れた。


知沙希の家は、二回ぐらい来たことがある。なんかノリで、一緒に映画見ようとかなんとかいって、悠愛と遊びに来たんだった。

駅からちょっと歩いたところにある、住宅地。二階建ての家の前にやってきた。あたしは腰までの低い門扉を開いて、玄関前へ。

表札にはちゃんと松川（まつかわ）と書かれてる。あたしはずっとマンションで暮らしてるので、こういう一軒家は憧（あこが）れちゃうな。

チャイムを鳴らそうとしたところで、玄関内から知沙希と悠愛の声がした。

「……じゃあっ……学校で……」『ああ…………月曜日には……」

お。

あたしはびっくりさせようと思って、玄関のドアを開いた。

「やっほー知沙希――」

ぴたりと止まる。

知沙希と悠愛がキスをしてた。

あたしは無言でドアを閉めた。

……気まず……！

向こうからドアがガチャと開く。

「あっ、まりか！　来たんだね！」

「う、うん、そう！」

さっきのキスシーンは、どうやらなかったことになったようだ。

悠愛が顔を赤らめながら、あせあせと口走る。

「あたし、これからバイトだからもう行かなくっちゃ！　それじゃあね！　ちーちゃんばいばい！　安静にしててね！　じゃあね！」

あっという間に、あたしの隣を抜けていく悠愛。びゅー！　と風みたいだった。

部屋着の知沙希は、口元に手の甲(こう)を当てたまま、目を逸(そ)らして佇(たたず)んでる。

「……ったく、ユメのやつ……」

毒づくその声に、あたしは「あはー♪」という頭空っぽな笑顔を浮かべる。

「ばいばいのちゅーとかするんだね、かわいいね、ちーちゃん♪」

「帰れ」

「待って！　入れて！　入れてよ知沙希！」

閉め出されそうになって、あたしは必死で抵抗する。ネタにして空気を軽くしてあげようとしたただけじゃん！　人の好意じゃん！

玄関先で押し問答した挙げ句、なんとか知沙希の部屋に無事入れてもらえた。

「いや、あんな場面見て、いじらないほうが不自然じゃん……。ちーちゃんってば……」

「次に触れたら追い出すからな」

あたしは口をつぐんだ。おそらく悠愛の定位置であろうクッションの上に腰を下ろそうとしたら、違うクッションを放り投げられる。あ、これは悠愛専用なんだね、ちーちゃん♪　って、からかう台詞が無限に浮かんでくる！　ストップあたし！

知沙希はTシャツの上にパーカーを羽織ったラフな格好。風邪で寝込んでた割には、だいぶ元気そうだ。

頬はちょっと赤らんでるけど、それは果たして病気か照れか。

「てか、元気そう。サボり？」

「昨日は具合悪かったよ。だったら、きょうはいいかなって」

なるほど、やはり。

「てか、珍しいじゃん、マリまで来るなんて。見舞いって感じでもなさそうだし」

「いやあ、実はちょっといろいろ事情がありまして……」

学習机の椅子に、知沙希は足を組んで座ってる。ちょっと前のめりに背を倒して、あたしの顔を覗くみたいに見やってきた。

「なんかあった？」

ドキッとした。

「え？　いや、それは、どういう」

「別に。なんか凹んでるのかなって思っただけ」

「いや、あたしはいつもどおりで」

言葉が途切れる。

無理して強がるのも、なんか、ムキになってるような気がしたのだ。

「えっと、悠愛から聞いてない？」

「いや、ガッコのことはなんにも」

「あ、だったらあたしも」

「いいから言えよ」

せっかく悠愛が心配かけまいと黙っててくれたことを、あたしがバラすのは少し気が引けたけど……。仕方ないか……。

口を開く。

「別に、凹んでるわけじゃないんだけどさ。こないだカミングアウトしたでしょ。絢と付き合ってるって。それでヘンに目立っちゃったみたいで、いろいろ言われてるっぽいんだよね……みたいな」

実際は靴に画鋲を入れられたんだけど、そこまで言うと知沙希に燃料を与えすぎる気がするので、ぼかしておいた。

「はあ？　なにそれ」

知沙希はめちゃめちゃ不機嫌そうに眉をしかめる。少しの燃料でも怒りが燃え上がる。燃費のいい女だった。

「いいじゃん、誰が誰と付き合っていようが。お前らに関係ないだろ、って。なんでそんなに人の恋に首突っ込みたがるんだ」

「まー、ゴシップはみんな好きだからねえ……」

「ムカつくんだよな、そういうやつら。だったら、直接面と向かって言えっての。そのほうがまだマシだよ」

あたしは思わずくすりとしてしまった。まるで小学生の鞠佳(あたし)が現れたようだったから。

「マリとアヤは、お似合いだよ。少なくとも私の見てる限り」

「それは、どうもありがと」

「月曜日、学校行ったら、そこらへんのやつら捕まえてやるか」

待って待って。

「いや、とりあえずは、あたしのほうでなんとかしようとがんばってるから」

「どうせレーナのグループだろ。マリに嫌がらせするようなやつらは。そうか、元締めをやればいいのか」

「お待ちなさって」

やばい、ドキドキする。

これは、教室で堂々と玲奈にケンカ売られたって話は、ぜったいできないな……。あたしの予想は正しかった……。

とはいえ、その知沙希のシンプルな闘志というか、やる気というか、そういうものは見てて清々(すがすが)しかった。

「マリ、そんなやつらなんて気にする必要はまったくないからな。付き合ってますって言っただけで、マリは悪いこととかなんもしてないから」

「そうかなあ」

「そうだよ。ぜったいそう。っていうかそうじゃなかったら、世界のほうが間違ってる」

「なにそれ」

笑ってしまった。

なんだけど、知沙希は深くため息をついて。

「って言っても、今すぐ世界をどうにかするわけにはいかなくてさ」

「そうだねえ……」

「息苦しいよな……。マリはすごいよ、よくやってる」

「そんなことは」

結局あたしたちは、狭い教室の中で、どうにか自分の形を変えながらやっていくしかないんだ。社会に出るまでは。いや、もしかしたら社会に出た後も、そうなのかもしれない。

「ユメがさ」

知沙希は頬杖をついて、ぽつりとつぶやく。

「羨ましいって言ったんだよな。マリと、アヤのこと。教室でカミングアウトするのって、すごくロマンチックだ、って」

「それは、どうかな……」

あたしは、謙遜でもなんでもなく、首を横に振る。

「悠愛のことだし、あんまり深く考えて言ってるわけじゃないでしょ？　メリットがあっても、もちろんデメリットだってあるわけだし」

「私もそう思う。口で言うほど楽しいもんじゃないぞ、ってさ。だけど」

知沙希が目を伏せると、同年代とは思えないような大人の色気が漂う。

どこか世を儚んだ退廃的な美人という雰囲気だ。将来タバコ吸いそうだな、こいつ。

「恋人が望んでいることだからさ、叶えてあげたいと思ったりもするんだよ。だけど、私はマリみたいにはできないだろうから。ちょっと、歯がゆくてさ」

「知沙希はいいカノジョだと思うけど」

「私も自分でそう思ってる」

「なんなの」

笑って、知沙希の二の腕を叩く。

「問題はユメもそう思ってることなんだよ。私はなんでもできるって、そういう信頼を感じるんだよ。めんどくさいだろ？」

「えー、愛されてるじゃん」

「まあ、ちょっとは行動が引っ張られるんだけど……」

知沙希が顔をしかめる。恥ずかしがってる顔だった。

「かといって、私にはできないことだから望まないよ、みたいに言われたら、余計腹立つし」

「わがまま」

どっちの気持ちもわかるけどね。

「結局、好きなことをやればいい、ってことなんだ。それで私がムカついたら、ムカついたって言うし、そんなに羨ましいんだったらマリと付き合えば？　って言うから」

「こっちに飛び火させないでよ！」

「言わないよ。言うと泣くから、鬱陶しいし」

「悪魔みたいな発言だ……」

まったく、知沙希はいつでも自然体だ。

あたしは、進んで絢のためにがんばったりするの、けっこう好きだけど、時には知沙希が羨ましいって思うこともある。

役割とか気にせず、あるべきものをただあるべきものとして受け入れるのって、どんな気持ちなんだろう。その目には、どんな景色が見えるんだろう。

「逆にあたしは、知沙希みたいにもっと力を抜いて生きてみたいな」

「いいんじゃない？」

「でも、たぶん、それはそれで気になるんだよね……」

「だろうね」

知沙希が笑う。

「マリは周りの空気読みすぎだけど、だからって『空気読まない！』って決意したら、空気読んでない自分のことがどんどん嫌いになっていったり」

「ありそう……」

「いいじゃん。代わりに、私が空気読まずにいてあげるから。自分にはできないことができるやつが周りにいるって、そういうの友達って感じじゃない」

そうだね。そう思う。

自分に足りないピースを埋めてくれる人が、たとえば家族だったり、恋人だったり、友達だったりする。知沙希はあたしの大事な、あたしが認めてる、友達だ。

だけど。

「それはそうだけど！　でも最終的になんでも自分でもできるようになりたい！　パーフェクトになりたい！」

「お、出た、マリの傲慢なところ」

「えっ⁉　あたし知沙希にまでそう思われてた⁉」

「ちょいちょい出てくるよな。いや、面白いから自重しなくていいんだけど」

なんてこった……。友達にも傲慢って思われてたなんて……ありえない……。

ここでガチ凹みしても仕方ないので、それすらもネタにして、前に進むしかないんだけど！

「だったら！　早速、空気読まない発言してやるからね！」

「どうぞ」

手のひらを差し出されて、あたしはにっこり笑って言った。

「知沙希の水着写真、撮らせて！」

「なに言ってんの⁉」

＊＊＊

無事に知沙希の水着画像もゲットして（そして人に見せる許可も丁重に頂いて）、これで残りは三枚。まだ半分も集まってないな！

残り日数は土曜日と日曜日。この二日間で、あと二枚は手に入る算段がついてる。あたしが致命的な失敗をしなければ……。

最後の一枚をどうするかはさておき、土曜日がやってきた。

きょうもおっきな雲が空にかかってる。天気は曇り。マスクをつけ、花粉防衛モードを強化し、やってきたのはファッションビル。

「きょうは、鞠佳ちゃんといっぱいお話しできたらいいな～」

隣にいるのは、柚姫ちゃんだ。すっごく女の子女の子したお洋服に身を包んで、まるでできたてホヤホヤのカノジョみたいな顔で、並んで歩いてる。

「ははは、あたしでよければ」

一方、普段着のあたしは、柚姫ちゃんの水着を撮ったらさくっと帰る予定なんだけど……これってめちゃめちゃカラダ目的って感じがして、もしかしたら最低かもしれない。

「鞠佳ちゃんを独り占めなんて、贅沢な時間だよね～」

「そーお？」

「うんっ」

ちなみに、きょうのことは絢にもちゃんと言っておいた。あたしが平穏を手に入れるために必要なことだと。

絢は特になにも聞き返してこなかったので、あたしを信頼してくれてるんだと思う。それも含めて『きょうを楽しんでやるぜ！』みたいなテンションにはなれないのであった……！

「は～、なんだか緊張してきちゃったぁ……」

「そんなに？」

「だって、鞠佳ちゃんが隣にいるんだもん～……」

「学校でも一緒にいるのに」

「学校は、学校だからぁ～！」

そういうものかなあ、と、あたしは適当に笑う。

誰かとふたりで遊びに行くときも、昔から特に緊張することはなかった。妙な間に気まずく思うようなことも。

よくコミュ力がすごいって言われるけど、ようするに話題っていうのはいくつかのパターンでしかない。

友達の話とか、テレビの話とか、音楽、ニュース、動画、芸能。最近じゃ会話デッキって呼ばれるらしいけど、そういう定番をいくつも繰り出してるうちに、自然と話も盛り上がっていくもので。

　そうなったら、可能な範囲で個人の話に移っていけばいい。簡単な様式美だ。

　エスカレーターに乗りながら、後ろに立つ柚姫ちゃんがもじもじと言う。

「鞠佳ちゃんはお話をリードしてくれたり、優しくて、すっごくカッコイイんだもん……」

　そういえば、あたしのことを好き好き～って感じだったんだよな、柚姫ちゃんって。

「知沙希は？」

「知沙希ちゃんのことも好きだけどぉ……。でも、鞠佳ちゃんとはちょっと違って～……」

　柚姫ちゃんは頬を赤らめて、うつむく。……なんか、かわいいな。

　あたし、こういう子と仲良くなるの初めてかもしんない。衝撃を与えるとすぐに形が変わっちゃうから、丁寧に取り扱わなきゃいけないクリームたっぷりのクレープみたいな女の子。普段、周りにいるのは、芋けんぴみたいなやつらばっかりだから。

「絢とか悠愛は、違うの？」

「不破さんは、きれいだけど……なんだか、近寄りがたい感じがしちゃって……」

　瞳に一瞬だけ怯えみたいな表情が交ざり、柚姫ちゃんはハッとした。

「ううん、ちがうの！　鞠佳ちゃんのカノジョさんのこと、ディスってるんじゃなくて！」

「いやいや、わかるよ、わかる。あたしも仲良くなる前は、絢のこと、お高く気取って澄まして嫌なやつだなー！　って思ってたから」

「誰もそんなこと言ってな〜いぃ〜！」

ぶんぶんと首を横に振る柚姫ちゃんに、あたしは「あはは」と笑う。

「ちなみに、悠愛は？」

「んん〜……。なんか、がるる〜、って感じ〜……？　あんまり、歓迎されてなくて、寂しいかなぁ……」

それは知沙希にちょっかいを出してるからなんだけどね……。

エスカレーターを上がって、目的の階へ。夏を先取りしたフロアは今、早速のフェア中だ。

「ねえねえ、ゆずもいろいろ聞いてもいーい？」

「どうぞー」

「えーとね〜。鞠佳ちゃんって、今まで男の人と付き合ったことないの？」

「ないよー」

あたしはさらっと答える。今さら含みをもたせても仕方ない。あっ、あたし大人になったな！　これまでは『どうだろうね！』みたいにごまかしてたのに……真実を飾らずに告げることができた……。今、すごく実感した。これが大人になるってことか……。

あたしがひとりしみじみとこぶしを握ってると、柚姫ちゃんが「じゃあじゃあ」とさらに尋ねてくる。

「ずっと女の子が好きだったの？」

「いやー、そういうわけじゃないんだよねえ」

最近も聞かれた気がするな、これ。同性と付き合ってる人って、しょっちゅうされる質問なのかもしれない。

っていうことは、今の騒動が落ち着いたら、もっといろんな人に聞かれるってことだ。なら、予行練習のためにもここでそれっぽく答えてみよう。よし。

「えーとね、あたしの場合はなんだけど、好きな人が女の子だったたってだけだから、あんまり自分が同性愛者って自覚がないんだよね」

「そうなんだ～」

「だから、ふつーに男の人もかっこいいなーってなるし、すっごいイケメン見ると、うわ、顔がいい、って思ったりするし」

「え～、そうなんだ～」

口元に手を当てて驚く柚姫ちゃん。

「でも、鞠佳ちゃんってすっごくモテそうだもんね～」

それは、どうかな……。中学時代を思い出す。

「まあ、告白自体はされたことも、何回かあったかな。けど、なんというか、あたしに告白してくるやつって、みんな軽くてさ！」

「ええ～？　こんなかわいい鞠佳ちゃん相手なのに？」

「中学の時は、男子ともそこそこ仲良いポジションだったからさ、お試しに告白してみて、オッケーならラッキー、みたいな態度で来るやつばっかで」

「でもでも、試しに付き合ってみよっかな～とは思わなかったの？」

「だって好きでもない人と付き合うとか、意味わからなかったし」

「付き合ってから好きになるってこともあるんじゃ～？」

　確かに、絢とはもろにそんな感じだった。

「あったかもしれないけどー……」

　試しに、順当に男の子と付き合ってる自分を、想像してみた。

　付き合うと決めたからには、あたしは真面目(まじめ)に付き合うはずだ。自分がそこそこ重いってことを、最近ちゃんと自覚したので。

　ただ、問題は高校進学。当時仲良かった中学の先生に、榊原は好きにやるのが合ってるから、北沢(きたざわ)とかどう？　とオススメしてもらって、それで進路を決めたんだけど。

　女子高に進学するなら、カレシとは違う学校になっちゃうし、そしたら今が楽しくて、もしかしたら恋人を放置気味にしちゃうかもしれない。で、絢と出会ってしまって……。

　今のルートに合流だ！

　待て待て。別々の高校に進学しても、あたしならちゃんと恋人関係を維持するためにがんばるはずだ。学業、アルバイト、それにカレシと、どれも大切にするだろう。

ただ、そうしてるうちに、どうしても時間が足りなくてアルバイトを削ることになり、金銭的に苦しんだあたしは、教室でサポの話題を出し、絢に百日間を百万円で買い取られ……。カレシがいるから、キスとかはありえないから！　って最初は抵抗するんだけど、女同士だからってビビってるの？　とか絢に挑発されて、そうしていつしか絢に落とされ……。

略奪愛されて、結局おんなじルートじゃん！

「ううぅん……」

頭を押さえる。どうあがいてもあたしは絢と巡り合ってしまう……？　運命の相手……？

「柚姫ちゃんって、今まで女の子とも、男の子とも付き合ってきたんだよね。……逆に、女子と比べて男子の良さって、なに？」

「ええ～？」

軽く悲鳴をあげる柚姫ちゃん。こういうの、学校ではなかなかできないきわどい話だ。ていうかあたし、なんか失礼なこと聞いてない⁉　セクシャルな話って、どこまでがセーフなのか、ちょっとわかんない！

「いや、わかるんだよ！　柚姫ちゃんも好きになった相手が好きなんだよね！　だったら、男子とか女子とかあんまり関係ないかもだけど！」

柚姫ちゃんはしばらく考えてから。

「やっぱり～、男の子は大きくてゴツゴツしてて、なんか、こう、筋肉！　って感じがするかなあ」

　でも、絢も筋肉あるしな……。

「それにね～、真剣な横顔とか、部活やってる姿とか、ギャップがあってかっこいいな～って思うんだ～」

　わかるけど、それって女の子相手でもぜんぜん思うっていうか……。

……まあ、男の子には男の子の良さがあるんだろう！　あたしは付き合ったことないから、知らないだけで！　はい解散！

「鞠佳ちゃんも抵抗感ないんだったら、次は男の子と付き合ってみるとか～？」

「そうだね。来世にやってみる」

　そう言うと、柚姫ちゃんがほんわかと笑った。

「鞠佳ちゃんとおしゃべりするの、やっぱりすごく楽しい～」

……いや待てよ。

　でも来世にまた絢がいたら……？　次はお互い違う人生を送りましょう、って言う？

　それで絢があたしの知らない女と付き合ってたら……。

　は⁉　誰よその泥棒猫！　ってなるに決まってる。

　あたしもう男とか女とかじゃなくて、絢以外と付き合えないいじゃん……。

　衝撃の事実が発覚したところで、水着売り場にやってきた。

「よっしゃ！　柚姫ちゃん、どんな水着にしよっか！」

気分を変えて大きな声を出すと、柚姫ちゃんもたくさんの水着に目を奪われてた。

「わぁ、かわいい～。鞠佳ちゃん、ぜんぶ似合いそう～」

「きょうは柚姫ちゃんの水着を選びに来たんだけどね⁉」

「え～、鞠佳ちゃんも買おうよぉ～」

ぐっ。確かに、あたしの水着画像も撮っていいよって言ったからね……。わかった。

「じゃあ、どんなのにしようかなぁ」

「えーぜったいビキニ着てほしい～。ビキニ、ビキニ～」

柚姫ちゃんがはしゃいでスタンダードなタイプのビキニを選んでくる。しかしあたしは、ぽっこりお腹をガードしてくれる、ハイウェストなデザインも捨てがたい……！

鏡の前、柚姫ちゃんがあたしに後ろから抱き着くみたいにして、ビキニを体に当ててくる。

「わ」

「あっ」

柚姫ちゃんが慌てて離れた。顔を真っ赤(まっか)にしてる。

「ご、ごめんねっ、鞠佳ちゃん。またくっついちゃって……！」

「あ、いや別に。誰も見てないし。大丈夫、大丈夫」

「ゆず、ばかだから、すぐ忘れちゃって……。き、気を付けるね！」

「う、うん」

きゅっと眉根を寄せて決意する柚姫ちゃんに、曖昧な笑みを浮かべてると。

パシャっという音がした。

……ん？

見やったそこには、美女がふたり。

ひとりはニヤニヤして、スマホを構えてた。

「かわいいかわいいマリカちゃんの、浮気現場、激写しちゃったー」

な──。

「トワさん⁉」

「いえーい、ぴーすぴーす。性、乱れてるねえ。いいぞいいぞー。慰謝料払わずに済む、学生のうちにやっちゃえー」

「やってませんけど⁉」

悪魔のように笑う女の隣には、ナナさんもいた。

「そっちこそ、仲良しですね⁉」

トワさんが、ナナさんの腕に抱きつく。

「うんー！　ナナって、私のこと大好きだから、荷物持ちとしてついてきてくれたんだよ」

「誰がだ」

ぐいぐいとトワさんの肩を押しやるナナさん。

「オーナーの南の島が楽しそうだったから、とりあえず水着買おうって、無理矢理に僕を引っ張ってきたんだろ」

「本当に嫌がってたらぜったい来ないくせに、ナナってばツンデレ」

「じゃあ帰る」

「ところで！　その子は？」

ナナさんの腕を引っ摑んだまま、トワさんが尋ねてくる。

ハッ。あまりに大人(ふたり)のインパクトが強くて、紹介するのも忘れてた。

「この子は、柚姫ちゃん。あたしのオトモダチです」

お友達、をあくまでも強調しつつ、今度は柚姫ちゃんに向き直って。

「柚姫ちゃん。こっちのは、あたしのバイト先の先輩。トワさんとナナさんだよ。あんまり近づきすぎると生気を吸われちゃうから、話すのは30秒までにしといたほうがいいよ」

「えっ、えっえっ？」

「だーれがサキュバスだぁー？　おいしそうな顔してこのー」

トワさんが、酔っ払いみたいなテンションで、ニッコニコと肩に腕を回してくる。ぐえ。

「マリカちゃんの友達かぁ。いいねえ、若いねえ。あ、そーだ。よかったら私が水着買ってあげよっか？　そしたら、その後にふたりで秘密の試着会を」

脇腹（わきばら）をつつかれたトワさんが、「ひゃんっ！」とかわいい声をあげて、背を跳ね上げる。

「いい加減にしろ。行くぞトワ。邪魔して悪かったね、ふたりとも」

「えっ、あっ、いえ……」

ぷるぷると子リスみたいに首を振る柚姫ちゃん。

ナナさんが、そのままトワさんの手首を掴んで、囚人を護送するみたいに連れて行く。

あたしはひらひらと手を振った後で、額の汗を拭った。

「ふぅ……。ナナさんが一緒にいてくれてよかった……。あたしひとりじゃ、あのモンスターを撃退できなかった……。柚姫ちゃん、大丈夫？」

ずっとテンパってた柚姫ちゃんの顔を覗き込む。

「う、うん……なんか、圧倒されちゃった〜……」

「だよね。あたしも初めてエンカウントしたときは、なんだこの女……ってなった」

いや、それはそうとして。

「じゃ、じゃあ、改めて水着選ぼうか。ね、柚姫ちゃん」

すっかりペースを乱されたけど、改めて笑みを作り直す。

柚姫ちゃんは胸に手を当てて、小さくうなずいた。

「……なんだか、鞠佳ちゃんって……毎日、楽しそう」

「え？　なにが？」

慌てて両手を振ってくる。

「う、ううん、なんでも……。なんでも、ないよ」

なぜか無理して笑ったみたいな顔をした柚姫ちゃんに、あたしは首を傾げた。

こうしてあたしは、柚姫ちゃんの水着画像も入手した。さんざん恥ずかしがって、撮らせてくれるまでだいぶ時間がかかったんだけど、ともあれミッションコンプリート！　三枚目！

そして夕方、あたしの足はなぜか池袋に向かってた。

こんなことしてる場合じゃないってのは、わかってるけど……！

場所は池袋。サンシャイン水族館の館内。

薄暗い路の陰に隠れて、あたしは女の子の顔をひとりひとり確認してゆく。せっかく入場料を払ったのに、お魚さんじゃなくて人ばっかり見てる。

目的の人物が、きっとどこかにいるはずなんだけど……。

あ、いた。水槽の明かりに照らされた、ふたつの影。

彼女たちは、仲良さそうに手を繋いでた。

遠くからでも見える。はしゃぐ笑顔が、時折ガラスに反射して、輝いてた。

それだけを見て、確信する。デートは大成功、間違いない。

よし……。きょうは帰って、明日に備えよう。

もっと心に余裕があれば、ひとりで見て回っても楽しいだろうけど、今のあたしは鞠佳キャットならぬ鞠佳タイガーなので、難しい。魚とか、餌にしか見えませんので。

明日はひな乃になにをさせられるか、わかったもんじゃないからね……。

それに、最後の五人目だって……。一応、心当たりはあるっちゃ、あるんだけど……。

というわけで、抜き足差し足虎の足で、コソコソ出口に向かってる最中。

「あれ、榊原……⁉」

「！」

やばい。人混みをくぐり抜けて、あたしはさっさと水族館を立ち去った。

ふう、危なかった。あたしが休日にひとりで水族館行ってるなんて、バレちゃうところだった。いやそれはバレてもいいんだけど……。

帰りの電車の中で、ぴこんとメッセージが入る。送り主は、伊藤夏海。

内容はスタンプいっこ。『ありがとう！』と書かれたプラカードをもつキャラクターのイラスト。

あたしはスマホを閉じて、既読スルー。なにも見なかったことにした。

……なんか、さんざん行かない行かないって言って突き放したのに、実際は様子見に来てくれたんじゃゃん！　とか思われたら、恥ずかしいし。

だから、あたしの知らないところで勝手に幸せになってくれていいんだからね！　あたしもそうしますから！

＊＊＊

そして、日曜日。期日としては、きょうが最終日ということになる。

肩がずっしりと重くなるような曇り空の下。新宿から電車を乗り継いで、原宿にやってきた。普段は、あんまり足を伸ばさないところだ。基本、新宿でぜんぶ揃（そろ）っちゃうから、渋谷とかもそんなに行かないんだよねあたし。

竹下通（たけしたどお）りから路地に入ってすぐのショップ。ここが、ひな乃の勤めてるお店らしい。

お店の名前は、ひな乃がインスタで毎回宣伝してるから知ってたけど、実際に来るのは初めてだ。こういうところって基本的には、専門店とかアパレルショップでは扱わない、個性の強いデザイナーさんのブランドを多く仕入れてる、セレクトショップなイメージがある。あるいは、そのデザイナーさんの直営店とかかな。

ここはどうやら、前者のようだ。なかなかこだわりのあるラインナップに、あたしはうなる。

「ううむ、すごい。さすがひな乃の働くお店……」

だいぶパンクな品揃えだ。着こなしのイメージがしにくい商品の山に、だからブランドをセットで身に着けたひな乃みたいなカリスマ店員がもてはやされるんだろうな……と思う。

内装はレトロポップとシックの融合みたいな感じで、かなり独特。ただ、めちゃめちゃおしゃれだなってことだけ、伝わってきた。

午前中の時間帯。お昼休みよりちょい早めのタイミングで、事務所に通される。

「よーこそ」

「どうもどうも」

ショップの服を着たひな乃は、普段の制服姿とは違って、どこかオーラがある。青い髪すらも、ここではそれがベストなカラーに見えた。さすがのカリスマ。

ただ、ひな乃はあたしの後ろに立つ人物を見て、首を傾げた。

「あれ、カノジョさんだ」

「おはようございます」

絢は礼儀正しく挨拶をした。

ひな乃に視線を向けられ、あたしが事情を語る。

「……つまり、きょうはあたしのマネージャー枠、ということで」

「なるほど？」

昨日の夜、ひな乃のお仕事の手伝いをすると伝えた直後に、そういえば別に絢を連れていかない理由もないいな……と思ったので、誘った。

柚姫ちゃんの場合は、他に人がいると警戒されちゃうかなと思ったので、あたしひとりで行ったけど。ひな乃はそんなに繊細な女じゃない。そもそもこれは、ギブアンドテイク！

もちろん、途中で暇になったらいつ帰ってくれても構わないので。

さすがにひな乃も、絢が見てる前で、あたしをセフレに誘ったりはできないだろう。できないはずだ。いや、どうかな……。ネジ飛んでるからな、この女。

ひな乃はあたしたちを交互に見比べて、ちっちゃな体ででっかいリアクション。ひとつ大きくうなずいた。

「ちょうどいい。マネキンが増える」

「なにが？」

「カノジョさんにも、手伝ってもらいたいって話」

「へ」

絢にも……？

いや、あたしはともかく、絢に迷惑かけるのはちょっと、NGですよ……？

「っていうか、なにをさせられるの、あたしたち。あと、絢が加わった場合、余剰分のお給料は発生するの!?」

「いや、鞠佳。私はべつに」

「お金は大事だよ！　絢！」

「う、うん」

あたしたちのやり取りを、ひな乃は生暖(なまあたた)かく見つめてる。なんだよ！

「もちろん、お賃金はちゃんとお支払いするよ」

よし！

って違う。全力で喜んでるんじゃないよ、あたし。問題はなにをさせられるかでしょ。

ひな乃はそこで、机の上に置いてあったデジカメを手にした。

「鞠佳たちには、インスタ告知用のモデルになってもらおうと思って」

驚いて聞き返す。

「えっ⁉　お店の手伝いじゃないの⁉」

「手伝いだけども」

「服畳んだり、いらっしゃいませー！　って言ったり」

「わざわざ鞠佳にやらせることじゃない」

ひな乃がぱっきりと告げてくる。いや、まあ、そりゃそうか。

でも、インスタのモデルって……。振り返る。あたしはいいけど、絢ってあんまり写真撮られるのって好きそうじゃない感じする。どーしよ。

絢は、あたしが息を呑(の)むほどに、真剣な顔をしてた。え、なに……？

「白幡(しらはた)さん」

「うん。あ、できれば不破さんも手伝ってほしい。謝礼もちょっとぐらいしか出せないけど、ふたりいたほうが画像のストック稼げるから」

「いいけど、条件がある」

絢の美貌を間近に食らって、さすがのひな乃ですら、気圧されたように問い返す。

「な、なに？」

少しの間を取って、絢が口を開く。

「私も鞠佳の写真ほしい」

「ってなんでだ！」

あたしは力いっぱいツッコんだ。そんな真剣な顔で言うことか⁉

ひな乃はこともなくオッケーを出し、こうしてあたしと絢の街角ポートレート撮影会が開催されたのだった。


カメラを構えるひな乃ともうひとり、同じくショップ店員であるレフ板を持ったお姉さんに囲まれ、ぱしゃぱしゃと写真を撮影されてゆく。

ファッションポートレート。つまり人物よりも服を見せるためのポートレートなので、ひな乃からお洋服の説明を受けて、そのお洋服のアピールポイントを強調するような構図にしてもらう。

例えば、歩いてるシルエットがかわいい服なら、トコトコしてる姿を。おっきなフードがキャッチーな服なら、背中からの写真を、という具合だ。

あたしと絢というタイプの違う女の子がいるのも、ひな乃は嬉しそうだ。めちゃめちゃざっくり言うと、動的な服をあたしが、やや静的な服を絢が担当する模様。

とはいえそこも魅せ方次第。絢がストリートなスタイルでギャップのあるヤンチャなかわいさを引き立てると、あたしも裾の広がった大人しいワンピースで大人かわいいを前面に押し出してみたり。

ひな乃とお姉さんのコーディネートで、あたしたちは次から次へと服を着替えてゆく。ひい、忙しい。汗かく！

しかもだ。撮影は連写で一気にって感じなんだけど、町中でやってるから、たまに通行人に囲まれたりして。

まるで有名人みたいな扱いに、さらにテレが加速して、また汗が！

絢なんかは『別に見世物にされるのは慣れてますけど』の顔で、スンっとしてる。夜の新宿二丁目を生き抜いてきた高校三年生、強い。

楽しいのと恥ずかしいのが、交互にやってくるアルバイトだった。

「あー、うん。かわいいかわいい。鞠佳、かわいいねー」

あのひな乃が、あたしのことを褒め称えてくる。それがおシゴトだっていうのはわかってるのに……かなりテンションが……あがる……。

そうか、これがモデル……。人にすっごいチヤホヤしてもらえるじゃん。あたし、モデル好きかもしれない……。

そもそもあたしって、働くことだったら、なんでも好きなのかもしれない。ファミレスバイトにもかなり情熱を注(そそ)いでたし……。充実してる……。

ロケーションを変えながら写真を撮ってもらってる最中、ひな乃はよく話しかけられてた。

「あー、ヒナちゃんだー！」

「一緒に撮ってもらってもいいですか⁉」

「おっけー。ちょい待ってね」

ふたり組の女の子。中学生ぐらいの子たちだった。ひな乃はフランクに返事する。

このときだけ、あたしがカメラマンに変身する。スマホを受け取って、カシャカシャと。

話しかけてくる人はお姉さんもいれば、それこそ小学生の女の子まで。身近な、会いに行けるアイドルみたい。

ひな乃は、そのみんなに丁寧な対応をしてた。愛想よくニコニコってわけじゃないんだけど、ひな乃らしくマイペースで人懐っこい感じだった。

その分け隔てない一生懸命な態度は……なんとなく、あたしの好きな誰かのよう。

「にしても、ほんとにひな乃って仕事中は真面目なんだね」

「仕事中は」

「いや、だって、学校は道楽で来てるじゃん」

撮影の合間の雑談に、ひな乃は釈然(しゃくぜん)としない顔をした。

「卒業目指して通ってるだけ、がんばってる方だと思う」

「あまりにも低すぎる、ハードルが」

あたしは真剣にカメラをいじるひな乃を眺めつつ。

「そんなに違うかな、学校と仕事って」

「ん」

ぼんやりと、本物のモデルである玲奈のことを思い出してた。

あいつも、仕事のことは本気でやるって言い張ってた。あたしと同じ。でもあたしと違うのは、学校なんてお遊びでしかないってバカにしてたこと。

それであたしは、ムカついたんだった。

あたしと玲奈がやり合ったきっかけのお話。

もしひな乃も玲奈と同じ考え方だったら……。それであたしのなにかが崩れるというわけじゃないけど、でも、ちょっとは気にしてしまう。

ひな乃の答えは、のんびりしたものだった。

「んー、人それぞれじゃない？」

いや、そりゃそうだろうけど！

「その人それぞれの、ひな乃のそれを聞きたいって話」

「今は、この仕事が楽しいよ」

ひな乃は持ってるデジカメを掲げて、指さす。

うっ……やはり。明らかに学校にモチベーションないもんな。

「でも」

ひな乃は無表情のまま、首を傾けて斜め上を見上げる。

「あたしが愛しのカノジョと出会ったのは、学校だから。学校だって、大事。なかったら困ってた」

「出会い……。そう、なんだ」

「うん」

素直にうなずくひな乃。

あたしは少しだけ、嬉しくなった。

玲奈は学校での出会いに意味なんてないって割り切ってた。社会に出れば、もっともっと価値のある大勢と出会えるから、学校なんて適当でいいんだ、って。

でも、あたしが絢と出会えたのは学校だ。北沢高校がなければ、絢とは知り合えなかった。

だから、あたしにはどうしても玲奈の言葉は認められなかった。

ひな乃も同じだった。カリスマ店員としていろんな人に好かれてるひな乃も、学校での出会いを大切に思ってくれてる。それってなんか、背中を押してもらえたような気分。

「そっか……。うん、ありがと。へー、ひな乃のカノジョって、北沢高校生なの？」

「違うよ。出会ったのは小学校」

「そんな昔から付き合ってるの⁉」

ひな乃は「うむ」とうなずいた。

「あの頃は、ちゃんと365日学校に通ってた」

「休日は休んだ方がいいと思う」

「中学時代はカノジョと一緒に、部活動にも打ち込んでたよ」

「ウソ⁉」

あたしは思わず叫(さけ)んでしまった。ひな乃が、恋人と一緒だからって、運動系の部活動をしちゃうとか、信じられない。

「あ、昼寝部とかあった、的な？」

「バドミントンめっちゃやってた」

素振りをしてみせるひな乃。あぜんとして見つめてると、ひな乃は「うまくはなかったけど」と口を尖(とが)らせながら付け加えた。

ひな乃って、恋人のためにがんばるタイプだったのか……。いつもセフレ募集とか言って自由人気取ってるくせに……。

「他校の子かー。いつか紹介してくれたりする？」

「やめとく。鞠佳が惚れたら困る」

「自分はあたしのこと口説いてるくせに……」

「いや、あれは身体だけの関係だから。ノーカン」

だけの関係だからなんだよ……。それはあたしの中でめちゃくちゃ浮気なんだよ……。

ひな乃はカメラを持ち上げて顔を隠しつつ、ぽつりとつぶやく。

「それに、学校がないと困る。あたしだって、鞠佳に出会えたんだから」

すごくマジっぽいトーンで聞こえたイイ台詞だったんだけど……念のために聞いてみる。

「……友情的な意味で受け取って、いいんだよね？」

「え、他にどんな意味が？」

きょとんとされた。なんでだよ！　理不尽だぞ！

しかし、玲奈は学校がつまんないから、自分が楽しむためにあたしにちょっかいを出してきたとして。それで人に迷惑をかけてくるんだから、本当に厄介な女だ。

性格の悪い女に、暇を与えちゃいけないんだよな……よからぬことを考えるんだから……。

はぁ。あたしはため息をついて、ひな乃に尋ねる。

「ところでひな乃、あと何枚くらい撮るの？」

「ふたり合わせて300コーデ分ぐらいあれば、一年はもつから助かる」

「水着一枚撮らせるために、どんだけあたしを働かせる気⁉」

まっとうな訴えを述べると、ひな乃が目を逸らした。

「ほら、でも鞠佳、撮られるの楽しくなってきたでしょ。だったらそれがいちばんだよね。だって学校とかに楽しいだけで通ってるドMネコの鞠佳なら」

「いい加減にしなさいよあんた⁉」

この日は結局『夕日のポートレートもほしいから』との理由で、日が暮れるまで働かされてから、解散となった。

途中に撮らせてもらったひな乃の水着は、スカートの広がったやたらかわいいワンピースタイプで、白ギャルとかそんなのぜんぜん関係なく似合っていて、なぜか憎たらしかった。

ただ、まあ、一応約束は守ってくれたし、何度か気分的に助けてもらってたりもするし……。

あたしの方からも、認めてあげないこともない。

北沢高校に来て、ひな乃と出会えたこともよかったよね、って。

だからやっぱり、あたしは間違ってない。

ともあれ、ついにこれで水着画像は四枚目。

明日の学校——つまり、期限まで残りは半日となったわけだ。

原宿駅からＪＲで新宿へ。そこから京王線に乗り継いでの帰り道。

あれだけたくさん着替えさせられたってのに、ちっとも疲れてない顔の絢に、謝る。

「きょうは一日付き合わせちゃって、ごめんねえ」

「ううん」

絢は力強く首を横に振った。

「いろんな鞠佳の写真、もらえたし。最高だった」

「あ、そう……」

生身のあたしが目の前にいるってのに……。まあ、別腹だっていうのも、わかるけど。

納得できるようなできないような、微妙な気分だった。いや、写真のあたしにジェラっても仕方ないんだけど！

しかし、明日……明日か。

実は、最後の五枚目。つまり、五人目の水着について、アテはあった。

ただ、どうしようかと迷っても、いる。

本当に、彼女は玲奈に認められてるのだろうか。おそらくは大丈夫だろう――という確信に近いものを感じながら、あと一歩を踏み出せずにいた。

不安な瞳が、電車の窓ガラスに映る。

「……」

そんなあたしの手を、絢が握った。

「ねえ、鞠佳」

「あ、うん。ごめん、なに？」

やば、ちょっとぼーっとしてた。

もしかしたら、疲れてた顔をしてたのかもしれない。慌てて笑顔を作る。せっかく絢と一緒にいるのに。

絢の声は、優しかった。

「別に、いつだっていいんだからね」

「なにが？」

「十年後じゃなくったって、鞠佳が望むなら」

絢が微笑みかけてくる。

「きょうから南の島にいったって、いいんだからね」

どういう意味なのか、一瞬わからなかった。

それは可憐さんのマンションで、絢と語り合った夢の話だ。

十年後も一緒にいよう。そうしたらふたりで南の島に行こうって。

でも、どうして急に。

「……それって？」

「私の居場所も、鞠佳のとなりだから」

あたしは驚いて、絢を見返す。

「ええと……あたし、パスポート、ないよ」

そういうことではないと知りつつも、返事をする。

絢は考え込むように、顎に手を当てる。

「そっか、じゃあ最短で一週間ぐらいはかかっちゃうか。でも、私も退学届だしたり、バーで引き継ぎしたりしなきゃいけないだろうから……まあ、ちょうどいいぐらいかな」

「あの、絢さん……？」

「身の回りのものも、それまでに換金しておくね」

どこまで本気かわからない絢の言葉に、あたしは少しずつ調子を合わせてゆく。

「言葉も、通じなさそうだけど」

「それは現地についてから勉強だね。しばらくは翻訳機に頼って暮らそう」

「住むところを見つけるのが、大変そう」

「そうでもないよ。今はいろんなアプリがあるから」

スマホを掲げる絢。それから海外の、空き部屋を利用したいゲストと、貸したいホストを繋ぐウェブサービスの話をしてくれた。いつのまに調べがついてる。

「他にも、ええと……」

「大丈夫。ぜんぶ私がなんとかする」

　それこそ確信を抱いた顔で、絢が微笑む。

「だから、ぜんぶいやになって、逃げたくなったら、いつでも言ってね。ふたりで誰もいないところへ、行こう」

　その言葉は、あまりにも突拍子（とっぴょうし）もなかったけれど……。

　だからこそあたしは、笑ってしまった。

「絢って、私に百万円渡したときから、なんにも変わってないじゃん。発想が飛躍しちゃうところ。っていうか、むしろ悪化してる」

「進化してるんだよ」

　えへんと子どもっぽく胸を張る絢。

「だいたい、なにをして暮らすの」

「インターネットさえあれば、なんだってできるよ。女同士ふたりで学校辞めて南の島で暮らし始めますねチャンネルを開設して、配信者として生きていこう。安く空き家を買ったら、ＤＩＹでふたりの家が少しずつできていくところを配信したりね。ただ、生活基盤をひとつのプラットフォームに依存するのはよくないから、副業として私がエッセイも書くことにする」

「プランが具体的すぎるんじゃない⁉」

　しかもなんか、できちゃいそうだし……。

「絢って暇なとき、そういうことばっかり考えてるの……？」

「シミュレーションは大事だから。いつ鞠佳が、すべてを捨てて南の島に行きたいって本気で言ってもいいように」

この子の愛、重すぎる。

しかも、あたしもそれを嬉しく思ったりするので……結局お似合いのふたり……。

「絢だって、大切な人が日本にたくさんいるでしょ……」

「いるけど、別に永遠に逢えなくなるわけじゃないとおもうし」

「それでも何年かは」

「鞠佳と三日会えなくなるほうが、いやだから」

「殺し文句だ！」

そういう子なんだよなあ、絢は！

うう、愛を、愛を感じる……。言語化されて、しかも愛を態度でも示されてる……！

「どうする？　南の島、いく？」

「そんな、コンビニ寄って帰る？　みたいな……」

ここであたしがうなずいたら、絢はぜんぶを捨ててあたしとともに旅立ってくれるのか。

だったら、そっちの選択肢も見てみたいけど……。まだもうちょっと、あたしはあの学校で過ごしたいので。

あたしの周りにいるやつらも、けっこういい子ばかりだからさ。たぶんワガママなんだと思うけど、絢だけじゃなくて、今のあたしを構成してるものを何ひとつ手放したくない。

だからあたしは、首を横に振った。

「今んところは、まだ、大丈夫。愚痴ぐらいは言うかもだけど」

「そっか」

「でも、ちゃんと明日には片付くから」

「……ん」

そう、最後の水着画像さえ、用意することができれば。

あたしはじっと絢を見つめる。

「どうかした？」

「いや、あの。ううん、なんでもない」

「そう」

絢はこの件には、深く立ち入らないようにと、決めてるみたいだった。

あたしを信じてくれてる。

だったらあたしも、ちゃんと終わらせなきゃ。

「ちなみにきょうは、うちに寄ってってって、する？　リフレ」

「えっ？」

あたしは顔を赤らめながら、こくこくとうなずいた。

「す、する……」

どんなに頭が疲れてても、リフレという名のえっちなお誘いを、あたしが断れるはずがなかった……。違うの！　絢の役に立ちたいっていう気持ちを尊重してあげたいだけだから！

別に、いやらしいわけじゃないから、あたしは！

第四章

この日は、連日の陰雲が鬱憤（うっぷん）を晴らすかのように、大雨を降らせてた。

水のドームを被（かぶ）せられたみたいに、雨音で静まり返る校舎内。立ち入ったあたしは、マスクの下の口元を引き締めた。

乱暴に下駄箱（げたばこ）を開く。ためらわないようにと気を張ってたら、逆に勢いがついてしまった。

下ばきを逆さに振る。しかし、無音。

「……」

ホッとするやら、肩透かし感あるやら。

金曜の放課後から、月曜の朝まで、画鋲（がびょう）を入れるタイミングはいくらでもあったはずだ。

嫌がらせ相手に『中途半端（ちゅうとはんぱ）なことしてるんじゃないっての』と、意味不明の怒りが募（つの）る。

「鞠佳（まりか）」

雨降りの中でも、その声ははっきりとした輪郭を帯びて、耳に届く。

白い折り畳み傘（がさ）をしまいながらやってきたのは、玲奈（れいな）だった。

あまりにも自然に話しかけられたから、一瞬、自分と相手の状況を忘れてしまいそうになる。

あたしは玲奈を一方的に意識してるように思われないよう、視線を外しつつ告げる。

「おはよ」

「うん、おはよう」

玲奈が下駄箱を開いて、下ばきに履き替える。今にも『雨って、周りの子がアベレージ下がるから、逆にチャンスでさ。対処方法知ってる玲奈さんが目立てるんだよね～』なんて、世間話を始めそうなテンションだった。

だけど、そうはならない。

「きょう、お昼休みでいーい？」

「うん」

「じゃ、よろしく」

たったそれだけ。立ち止まるあたしの横を、玲奈は歩き去ってゆく。

背筋を伸ばした玲奈は、自分の絶対的な正しさを信じてる。長い髪を揺らす背中はまっすぐ伸びてて、あたしはあの彼女を打ち負かすことができるのだろうかと、ほんの少しだけ不安を覚えた。

きゅっと拳を握りしめる。

あたしの一年間を左右するかもしれない、話し合いの場。

自分の居場所を守るために、最大限、できるだけのことはしたつもり。

たっぷり息を吸い、新鮮な酸素を肺に送り込む。

怯（ひる）んでる場合じゃない。あたしを信じてくれてる人のためにも。

よし。歩き出す。

いざ、決戦だ。

＊＊＊

さすがに今回は踊り場ってわけにはいかなかった。だから、あたしが玲奈を連れてやってきたのは、校舎の外れにある空き教室。あの、絢（あや）に押し倒された現場である。

「よくこんなとこ、知ってんねえ」

「……まあね」

教室に居場所のなかった恋人が、休み時間ヒマをつぶすために探し当てた場所、とはさすがに言えない。

窓の外には、雨のカーテン。午後になっても降り続いてる。

玲奈は放置された机に腰かけて、だらしなく脚（あし）を組んだ。

これから真剣な話し合いをするつもりだってのに、そのふざけた態度が気になって、低い声で指摘する。

「パンツ見えてるけど」

「だから？　いいじゃん、別に」

「見せんなって言ってんの」

　玲奈がにやけた。

「え、なに、欲情してるの？　鞠佳」

「ばかでしょ」

　スカートの裾をつつつと持ち上げて、玲奈が黒のショーツを見せつけてくる。

「そーいえば鞠佳って、そーだよね。女子のことが好きなんだもんね。だったら、玲奈さんのことも、そーゆー目で見てるってわけ？」

　ひっぱたいてやろうかと思った。

　代わりに、口が出た。

「あんた、男が好きなのよね。じゃあ、大変だね」

「なにが？」

「だって、電車で通学してるんでしょ。だったら毎朝、たくさんの男の人と一緒の車内に押し込められてさ。そんなのカラダが発情しちゃって仕方ないでしょ。ヘテロって、可哀想」

「…………」

　玲奈が押し黙る。

あたしだってもちろん、そんなことは思ってない。ただ、意図は伝わったみたいだ。誰でもいいってわけじゃないこと。玲奈は無言で足を組み直した。

勝負は引き分け。なのに、傷つけられた分だけ相手を傷つけると、心がささくれ立ってくる。あたしが楽しければ、周りも楽しんでくれる。あたしは楽しい場が好き。これはその、真逆のことだから。

「で、早速本題に入るけど」

ただ、痛烈な攻撃に対しても、玲奈は一切気にした様子はなかった。脚に頬杖をつきながら、あたしを見つめてくる。

「どう？　五枚、集められた？　それとも、がんばったけどムリだったって、同情を買う作戦に切り替えた感じ？」

先回りして、あたしの逃げ道を封じてくる玲奈。

その一言一言が、息苦しい。あたしを取り囲む檻が作られていくようだ。

「他にも、玲奈の言いなりになりたくないからって、全面戦争を宣戦布告しに来たってパターンも、あるんじゃない？」

「それ考えてなかったけど、いーね」

玲奈の笑顔は、クラスで見せるものとはまるで違う。好敵手を迎え入れるリングの上のボクサーみたいだった。

血が冷える。心拍数が高まる。あたしは内心の怯えを表に出さないよう押しとどめて、頭の回転を一段階加速させた。

「玲奈って、学校楽しくない？」

「今は、そんな話してないけど」

「自分を輝かせる、自分の戦うべき舞台があるって思ったら、学校なんてお遊びの場でしかないのかなって、思ったの」

「……」

玲奈が間を取ったのは、押されてるからじゃない。今から自分の話す内容が、この先の不利に繋がるかどうかを検討してるんだと思う。あたしもよくやるから。

「そーだね。基本、楽しくはないよ。学校って、人に合わせなきゃいけないから」

「ん」

「鞠佳、前に言ってたじゃん。本気でやってないからつまんない、って。でも、それってやっぱ、ムリあるよね」

玲奈が前のめりになって、あたしの目を見つめてくる。

「だって学校で自分が本気でやろうとしても、他の人がついてこない。受け止めてくれる子がいない。レベルが違うんだよねー」

なんだけど、と玲奈が続ける。

「おシゴトは、玲奈さんが本気になったって足元にも及ばないような、化け物がいる。それも、山ほどね。そんな世界で生きてたらさ、仕方ないでしょ。目線を合わせてあげなきゃいけない時点で、それってホンキじゃないよね？」

玲奈の頭が良いのは、あたしにもわかる。前にあたしが言ったことについても、ちゃんと自分なりの答えを打ち出してきた。

周りのこともよく見えてるし、話す言葉そのすべてに意図がある。

「鞠佳はさ、他の人に合わせてその子のイイトコを探してあげるのも、好きなんでしょ。そーゆーことできる自分のことも大好きでさ。でもそれってやっぱ、保護者目線っていうかさ。玲奈さんとは違うよね」

「……」

あたしが自分のこと大好きなのは間違ってないとしても、玲奈に指摘されるとムカついてくるな……。

とはいえ、冷静さを失ったら思うつぼなので、今は感情を切り離して相手の言葉だけを刻み込む。

「さ、もういいでしょ。玲奈さんだってヒマじゃないから。画像。ないなら、話はここでおしまいだよ」

「わかってる」

玲奈がなにを考えていようが、あたしがどう思っていようが、画像を五人分集めてきたら、それで勝負は終わるのだ。

あたしはスマホを見せつける。

「まずは、一枚目だよ」

スポーティーな水着を着てポーズを取る、夏海ちゃんが写ってる。

あたしのことをまるで飼い主みたいに信頼してくれてる、優しくて、元気いっぱいな女の子。新しい恋に生きてるから、いつだって初心を思い出させてくれる。

玲奈は当然とばかりにうなずいた。

「ま、そりゃそうだよね。運動部部長で、クラス委員長。おまけに性格もいい。善良で、鞠佳と関係性も良好だし、鉄板は押さえておくべきだよねー」

「玲奈とも、個人的に仲良いみたいだしね」

少しだけ、玲奈の眉がぴくっと動いた。

「委員長から、なんか聞いた？」

「はてさて」

「……ま、いーけど？　でも、鞠佳は薄情だね。せっかくもらった写真を、こんな風に無許可でカンタンに第三者に見せちゃうなんて」

その言いがかりに、あたしはなにいってんだ、の顔をする。

「許可がないのに、見せるわけないじゃん。ちゃんと、みんなからオッケーもらってきたに決まってるでしょ」

「……玲奈さんの名前も出さずに？」

「それは、そういうルールだったし」

当たり前のように告げると、玲奈は不愉快そうに眉をひそめた。

「バカしょーじき」

「うるさい。あんたがなにをさせたいのかわからないけど、あたしは自分のやり方であんたに勝つから」

「でも、勝手に良心で縛りプレイしておいて、それで五枚集めてこれませんでしたーってのは、通らないからね」

「はい、次」

スマホに画像を表示させる。

松川知沙希（まつかわちさき）の、健康的なビキニ姿だ。

知沙希はあたしの隣に立って、同じ目線で物事を考えてくれる。あたしが怒ることに怒って、あたしと一緒に喜怒哀楽を共有してくれる。あたしの大事な親友。

これもまた、玲奈の予想通りといったところ。

「そりゃ、同じグループの知沙希のことは、外せないねー。玲奈さんもオトモダチとしてつるんでたわけだしさ。納得の人選だよ。けど、意外性には欠けるかなー」

「それはこの後に来るから、お楽しみ」

「へえ？」

「ただ、その前に」

玲奈に聞いておきたいことがあった。

「結局、あんた、知沙希のことはどう思ってたの？　友達？　それとも、周りよりはマシなだけの友達？」

「ノーコメント……って言いたいところだけど、この期に及んで鞠佳に隠しても仕方ないか。ちゃんと友達だと思ってたよ。信じてもらえるかわからないけど、まだ学校生活にゼツボウしてなかった頃だから」

肩をすくめる玲奈。一応は、信じてあげてもいい。っていうか、言葉のすべてを疑ってかかったら、玲奈のことなにもわからないから。

「絶望って」

「高一の頃は、私だって若かったってこと」

「つい最近じゃん」

まあ、それを言ったらあたしだって、絢と付き合って一年経ってないけど、ずいぶん変わった、か……。

「じゃあ、肝心の三枚目」

そこでようやく、玲奈は意外そうな顔をした。

「へえ……。そこもってきたんだ?」

試着室で撮った頼永柚姫ちゃんの水着は、フリルのたくさんついた黒いセパレート。海に入る気がほとんどなさそうな衣装が、また柚姫ちゃんらしい。

柚姫ちゃんとは、最近仲良くなったばかりだけど、これからももっと仲良くなれそうな気がする。話せばちゃんと分かり合えるって、そう信じさせてくれる子だ。

「いちおー、根拠とか聞かせてもらっていい?」

グループの地位とか影響力とかにこだわる相手なら、あたしもこの状況で柚姫ちゃんを提示することはなかった。

柚姫ちゃんはどちらかというとぼっちで、あんまり話す相手もいない。かわいくても、協調性に欠けた女子は女社会において、輪から弾き出される。

だけど、空気が読めるかどうかなんて、言ってしまえば、空気が読めるかどうかでしかないのだ。コミュ力だって、同じこと。

柚姫ちゃんは不器用かもしれないけど、群れるだけの子より、よっぽど自分をもってる。少し話しただけで、玲奈ならちゃんと気づけたはずだ。

……って思ったけど、それらをドヤ顔で語るのも恥ずかしかったので。

「なんとなく。前に、玲奈と三人で喋(しゃべ)ったときに、ピンときた」

玲奈は「……ふーん」と半眼でつぶやいた。

「ま、いいけど。確かに、玲奈さんはあの子のこと、認めてるよ。あーゆータイプは、芸能人とかにも実は多いんだよね。自分の世界もってる系」

「玲奈の好みって意外と単純だよね。人と同じより、個性的な子がいいって感じ」

「個性にもいろいろあるから、一概には言えないかなー。本人だけが個性って思ってるよーなやつもあるじゃんー？」

まあね。どこまでいっても人の真似事(まねごと)ばかりしてる子が、それを個性だって言い張ってるパターン。

「でも、そういうのだったら、あたしにもわかるから」

「だろーね」

玲奈がにやりと笑った。話が早い、とばかりに。

なんかイラっとする。

「……いや、なんで玲奈が同意してくるの」

「そりゃー鞠佳のことなら、なんでもわかるよ」

「うざぁ……」

悪態をついてから、さっさとカメラ画像をスクロール。

「だったら次こそ、個性の塊って感じ。四枚目」

「あーはいはい」

その言葉だけで、玲奈は誰かわかったみたいだ。

「そりゃ、さすがに来ないわけないって思ってたからねー」

当然、白幡ひな乃。薄い体がキュートな水着に包まれてて、あたしが見てもかわいいので、こういうの好きな人は多いんだろうな、って思う。

ひな乃は、いつだって予想の外からやってくる。あたしにはない視点で物事を見てるから、驚いたり、ハッとさせられる。唯一無二のポジションだ。

玲奈は髪をかきあげながら。

「あの子とは、まったく話も盛り上がらないけど。でも、人生エンジョイ勢ってゆーか、他のやつらとは違うレイヤーで生きててさ、見てて悪くないよね。ああいう生き方もあるんだなー、的な」

それはあたしのひな乃評と、ほぼほぼ一致してる。

「よく見てるね、玲奈」

「玲奈さんに言わせてもらえば、他のやつらが見てなさすぎなだけ」

きっとそうなんだろう。

柚姫ちゃんやひな乃みたいに、大して話したこともない、仲良くもないクラスメイトについても、玲奈は正しく理解してるみたいだった。

ひょっとしたら、人を見極める力は、あたしよりずっとあるのかもしれない。だってあたしは、しっかり一対一で話してみるまで、わからないから。

だから……自分が同類だと思ってたあたしに拒絶されたことがムカついて、悔しくて、こんな嫌がらせをしてるんだろうか。

「これで、四人分」

玲奈が指折り数えて、最後に立てた小指をあたしに見せてくる。

「で、五人目は?」

「……」

そこであたしは、スマホを下ろした。

「あれー? どうしたの、鞠佳」

玲奈は机を下りて、あたしに近づいてくる。

カツアゲでもするみたいに、手のひらを差し出してきた。

「見せてよ、水着画像。持ってるんでしょ。最後の一枚」

ある。

あたしは確実な正解の一枚を、持ってる。

クラスで、他に玲奈が認める相手。

自分の世界をもってて、個人主義者。人と群れず、仕事には本気。一言で教室の空気も変えてしまうような、そんな雰囲気をもった存在。

不破絢。

あたしへの嫌がらせに命懸けてるような女相手に、あたしは恋人の写真を差し出すのかどうか。友達の水着写真を、友達に断って人に見せるのと、恋人の水着写真を人に見せるのとでは、意味合いがまったく違ってるのに。

その上――。

『とっておきだから、鞠佳にだけ、見せてあげたい』

絢は、そう言ってた。

「…………」

沈黙が、ひこうき雲みたいに、長く尾を引く。

そんなあたしの葛藤を、玲奈はきっと楽しんでる――。

もともとそうだった。なぜ、あたしは気づかなかったのか。

去年のクリスマスにあたしたちが揉めたのだって、あたしと絢が付き合ってることを、玲奈が知ってからだった。

同じ学校という狭い世界で恋人を見つけることを、玲奈は『妥協』だと切り捨てた。それがムカついて、あたしは玲奈に食って掛かった。

「別に出さなくったって、玲奈さんはいーんだよ。どっちでもね」

今回の一件が、恋人のカミングアウトから始まったことを考えれば、絢に行き着くのは当然の帰結だった。

玲奈は、あたしの弱点が絢だって知ってる。だから、あたしの性格も見通した上で、あたしの心をへし折るために、絢を差し出させようとしてる。

そのために、五人。クラスに、それ以上玲奈の認めてる人物はきっと、いない。

すべて最初から、仕組まれてた。五枚の写真を集めてきたら勝ちというルールは、五枚目を見せたらあたしの負けだったんだ。

ゴールは、玲奈の待つ袋小路だ。

「決めるのは、鞠佳だよ」

玲奈が下からあたしの顔を覗き込む。

「コイビトに、心配をかけたくないんでしょ。だったら、玲奈さんに従うしか、ないよね。これからの一年間、玲奈さんに感謝を忘れずに、過ごすことだね」

あたしは息をついた。

「わかってたけど、玲奈って性格悪すぎ」

「そーかもね。で、ほら、出せっての」

もはや無垢とさえ呼べるような笑顔で、玲奈が要求してくる。

「だ・せ」

だからあたしは。

「いいよ」

深呼吸して、顔をあげた。

「これがあたしの、五枚目」

「お――」

玲奈が、眉根（まゆね）を寄せた。

「……ええ？」

「条件は」

復唱する。

「玲奈が認める、五人の水着画像を集めてくること、でしょ」

映ってるのは。

榊原鞠佳（あたし）、だった。

柚姫ちゃんと試着に出かけた際、撮っておいた写真だ。新作のビキニに身を包んで、にこやかな笑みを浮かべてる。

玲奈がたじろぐ。

「いや、でも、本人とかさすがに」

「さすがに？」

息を呑む声。

「……さすがに、想定外」

あたしはあえて堂々と胸を張った。

玲奈を見つめる。

「間違いなく水着画像を撮ってきたんだから、後はこのクラスメイトのことを、玲奈は認めてるのかどうか。そこだけだよ」

「それは」

もし認めてると言えば、その時点で玲奈の敗北が決定する。

だが、もし認めてないと言い張ったら、その場合は、玲奈は認めてもいないクラスメイトのために、わざわざ策を弄したわけだ。

それでも、もし自分のちっぽけなプライドを守るために、ここで『認めてない』なんて玲奈が言うような女だったら、そのときは。

そのときは、もしこれから一年間嫌がらせが続くとしても――。

――そんな女に、あたしが負けるはずがない。

正面から正々堂々と玲奈を打ち負かして、あたしはあたしの楽園を築き上げる。

「どうなの、玲奈」

今度は、あたしが玲奈を袋小路に追いつめる番だ。

己(おのれ)の胸に手を当てる。

「あたしは、絢とのことをカミングアウトしたのだって、後悔(こうかい)してない。空気読めないとか、ダサいとか言われても、あたしのいちばん大事なものは、あたしが守る」

絢の写真だってそう。あれは、あたしだけのものだ。

「空気なんかじゃなくて、これからはあたしが、あたしの世界を作っていくんだ」

玲奈を見据える。

「どう、玲奈。これが、あたしの五枚目だよ」

しばらく玲奈は、手のひらを目に当ててた。

「あー……なんでこれが、わかんなかったんだろ……」

うめく玲奈。

次に顔をあげた彼女は、無機質な瞳(ひとみ)で、じっとあたしを見つめる。

「……なに？」

な、なにか言い分が？

しかし、玲奈の様子は、動作不良を起こしたみたいにぎこちない。

「鞠佳はさー、ほんと、なんでそんなに……」

「だ、だからなんなの」

玲奈に怒鳴る。

「言っとくけど、学校で楽しいことがないからって、あたしをからかって遊んで楽しいこと見つけ出そうったって、そうはいかないからね！　いくらあんたみたいな愉快犯に本気で立ち向かってあげるのが、あたしぐらいなものだからってさ！」

玲奈はあたしの主張も、好きなことも嫌いなことも、どうだっていいと思ってる。ただ、自分が退屈を紛らわせられれば、それでいいのだ。

なら、もうじゅうぶんだろう。

「だから、次は他の人を巻き込んだりしないで！　遊びたいなら一緒に遊ぼうって、素直に言いなさいよ！　そんなの幼稚園児にだって、わかることでしょ！」

反応がないことをいいことに、あたしは言いたい放題言ってやった。

「そんなだから、性格がひねくれて、デスゲーム主催者みたいなこと言い出すんでしょ！　なにが、水着画像を五人分もってこい、だよ！　あたしとあの子たちの仲は、あたしが学校でカミングアウトしたぐらいじゃなんともならないんだからね！　見くびらないでもらえる⁉」

玲奈はまだうつむいたまま、抗弁もしてこない。

「あんたがこの学校がつまんないって思ってるんだったら！　このあたしが遊んであげるって

言ってんの！　わかった⁉」

息を切らせて、叫ぶ。

……さて、言いたいことは、あらかた言い終わったんだけど……。

微妙な間が生まれる。

どうしようか、なにも言ってこないってことは、これ。あたしが勝ったってことだよね。

勝ったってことは、そろそろ約束通り殴っていいのかな。なんか、無抵抗な玲奈の後頭部を思いっきり叩くとか、あんまりスカッとしないな……。

もっと殴られやすい体勢になってくれないかな、とあたしが様子を窺ってると、だ。

「……るさい」

「は？」

玲奈が勢いよく顔をあげた。

「うるさい！　うるさいうるさいうるさいうるさい！　こんなの想定外すぎ！　てかさっきから、わかったようなこと言ってさあ！　鞠佳のそういうところ、ほんとにムカつく！」

一瞬、面食らって、すぐにムカついた。

「な、なにそれ！　あたしがこんだけ付き合ってあげたってのに！」

「それは私の立場を当てにしたからじゃん！　見返りを求めてでしょ！」

「先にケンカふっかけてきたのはそっちでしょ！　思ってもないこと言って、玲奈があたしのクラスの立場悪くしようとしてきて！　性格悪すぎ！」

「性格悪いのなんて、十分自覚してるし！　自分は違うって顔すんな！」

「し、してないけど！　でも玲奈と同類は死んでも嫌！」

わめくあたしの手首を、玲奈が摑んでくる。

「なに⁉」

「いいから！」

そのまま、引っ張られた。

「ちょっと、痛いんだけど！　ねえ、どこいくの⁉」

玲奈は無言で、あたしを摑んで歩く。

向かう先は、どうやらあたしたちのクラスみたいだ。

途中でチャイムが鳴る。

教室に着いた頃には、もう生徒のほとんどが自分の席に座ってた。

あたしの手を引いた玲奈が教室の前のドアを入ったところで立ち止まってるから、当たり前だけど、大勢に不審がられてる。

「ちょ、ちょっと玲奈……」

後ろから声をかける。玲奈は立ち止まったまま。

そのうち先生までやってきて「どうしたの？　西田さんと榊原さん？」と軽く注意されても

なお、玲奈は微動だにせず。充電の切れたペッパーくんみたいになってる。

「ねえ、ちょっと」

なんだか怖くなってきた。とんでもないことを言い出すんじゃないかと。

そういえば、あたしが玲奈のミッションを達成したら、他の誰にもあたしを手出しさせない、みたいなことを自信満々に言ってたけど……。

それまさか、ここでやるつもり……⁉

玲奈が、すぅと息を吸うのがわかった。あたしはそれが、玲奈の覚悟を決めた合図に聞こえた。

いったいなにを――。

次の瞬間、玲奈は振り返ってきて、大きく頭を下げた。

もちろん、あたしに向かって。

「ごめん、鞠佳！」

「……え？」

玲奈があたしの手を握る。

その表情は弱り切った乙女（おとめ）のそれだった。

「私、鞠佳のこといちばんの友達だと思ってたのに！　なのに、鞠佳が不破さんと付き合ってるなんて知らなくて、それでついあんな態度取っちゃって……ほんとに、ごめん！」

いや、いやいや。

あんた、あたしと絢が付き合ってることなんて、とっくに知ってたじゃん！　あんな態度取ったのだって、あたしに対するただの挑戦状だし、そもそもいちばんの友達じゃないし！

顔を引きつらせるあたしに、玲奈はしおらしい態度を崩さず。

「誰と付き合ってても、鞠佳は私の大切な友達だから……。私、鞠佳と仲直りしたい……」

そもそも玲奈のこんなしおらしい態度、誰も見たことがない。

「え、あれって西田さん？」「こないだのことって……」「だから榊原さんにキツく……」「西田さん、あんな顔もするんだ……」

相手が玲奈である以上、声をあげて茶化すこともできず、教室内は静かな動揺に包まれる。

「ねえ、鞠佳……。こんな私のこと、許せないかもしれないけど……。また、前みたいに一緒に遊んだり、お喋りしたい……」

クラスメイトの目の前で行われる、玲奈劇場。

無理矢理、舞台にあげられたあたしは、潤（うる）んだ玲奈の瞳に見つめられて……。

「そ、そうだったの……？　玲奈……」

そう言うしかなかった！

だって、玲奈がいかに猫被っていようが、心にもないことを叫んでいようが、捨て身であたしのためにやってくれてるのに。

ここで『え？　なに言ってんの玲奈』ってあたしが言ったら、すべてが茶番だったことになる。それで得する人間は、この場にひとりもいないのだ。

一応、その後に関しても、ケアしてくれてるし……。

『いちばんの友達だと思ってた』って玲奈に言われたら、表でも裏でも、あたしの陰口を叩くのは難しいだろう。

だってあの玲奈にいつ目をつけられるかわからない。

そういうことか、確かにうまくやったなって、手品でも見せられた気分。

なのに、なんであたしがこうも釈然としないのか。

あれだけ振り回されたのに、コイツがちゃっかりいい話にしようとしてるからだよ！

「ごめん、ほんとにごめん、鞠佳……。ぐすっ……私のこと、許せないよね……。私、性格悪いよね……」

間違いないよ。知沙希が100なら、あんたは1億2千万だよ。

「べ、べつに、そんな、ぜんぜん……わかってくれたんだったら、あたしだって……」

「……ほ、ほんと……？　鞠佳……」

「うん……」

玲奈があたしの手をぎゅっと握る。鳥肌が立つ。

あたしは渾身の作り笑顔で、玲奈の手を握り返す。

「い、いいよ……。玲奈、仲直りしよ……」

玲奈はぱっと顔を輝かせた。

同じように玲奈もまた、完璧な演技であたしに抱きついてくる。

「ありがとう、鞠佳！　玲奈さんの、いちばんの友達！」

「うん……」

あたしは両手をバンザイみたいにして、玲奈にされるがままになってた。

先ほどまで静まり返ってた教室は、今はざわざわと騒がしい。辺りを軽く見回せば、玲奈の豹変に戸惑ってたみんなも、今は受け入れてるみたいだ。

先生なんか「尊き友情ね……」とか言って、もらい泣きしそうになってるし……！

あたしの首根っこに抱きついてる玲奈が、ぽつりと言う。

「…………鞠佳の勝ちだから……！」

「……ん」

「……………これで満足でしょ、これで……！」

まあ、うん。さすがにこれだけのことをするのは、玲奈だって相当恥ずかしいだろうし……一応は、それで納得しておいてやるか……。

はぁぁぁ……と、あたしにだけ聞こえるような深いため息をついて、玲奈が一歩後ろに下がる。その顔が真っ赤なのは、もちろん泣いてたからではなく、羞恥心だ。

さらになにを言うのかと思えば。

「でも鞠佳……。このままじゃ、玲奈さんの気が済まないよ」

「え？」

玲奈は爽やかに微笑んだ。

「私のこと、一発殴ってもいーよ。だって、それだけのことをしちゃったから。ね？」

こいつ――。

この期に及んで、あたしが一発殴る権利すら、ここで使わせようと⁉

「ちょ、ちょっと、西田さん……？」

先生が動揺して、クラス全員が見守る前で、あたしは。

あたしは……。

握った拳をゆっくりとほどいて、笑顔を作った。

ここでブン殴ったら、今度こそあたしが悪者だ。一年間、クラスでハブられても仕方ないほどに。

その結果、確実に絢を心配させてしまうだろうから——。

「そんなの、必要ないよ。あたしはもう、玲奈のことを許してあげたんだから。その代わり、これから先、ちゃんとあたしと仲良くしてよね」

さっきよりずっと下手な笑顔で、そう言うしかなくて。

それに比べて、玲奈の笑顔は、あまりにも出来がよかった。

「——ありがと、鞠佳♡」

その言葉だけは間違いなく本音だったんだろうね！　玲奈ぁ！

結果。

こうして、あたしの生活は元通りになった。

絢との関係を公表して、玲奈にしっちゃかめっちゃかにされそうになった暮らしは、玲奈のおかげで修復されるだろう。

授業が終わった後、またしても絢が。

「西田さん、いい人だったね」

と、微笑みながら素で言ってきたことだけは、やっぱり釈然としなかったけど……！

これから、興味本位であたしと絢の関係について聞いてくる子も増えるだろうけど、それはあくまでも好奇心。

悪意や敵意によってちょっかいかけてくる子は――決してゼロにはならないかもしれないけど――ほとんど、いなくなるはずだ。

クラスの女帝である玲奈が、あれだけ体を張って、あたしのことを大切にしてるアピールをしたんだ。しばらくの話題は玲奈の見せた純な一面で持ち切りになるだろうし。あたしへの嫌がらせだって、きっと止む。

すべては一件落着となった。

そのはずだった。

「え？」

すっかり気楽な気持ちで帰ろうとしたあたしは、この日も目にすることとなった。

靴の中に入った、画鋲を。

それはまるで、自分はここにいるから、忘れないでほしいと。

ささやかな存在を主張するみたいに、光ってた。

……いったい、まだ、どこの誰が？

＊＊＊

答えは、玲奈が教えてくれた。

翌日の朝、学校に来たあたしを呼び出して、踊り場で玲奈が言う。

「初日から鞠佳に手を出されると、玲奈さんが舐められたってことになるから。トモダチを使って、あちこち見張らせてたんだよね」

トモダチ、ね。

「……それで、画鋲そのままにしとくとか、あたしが怪我したらどうするの？」

「そりゃ、そいつのせいになるでしょ」

なにをわかりきったことを、と言ってくる玲奈。

あたしは八つ当たりしないよう、拳をぎゅっと握る。

どうして。

昨日の騒動など忘れたように冷めた顔で、玲奈が髪をかきあげる。

「あれだけしたのに、まだ鞠佳に手を出されちゃ、メンツが立たないからねー。鞠佳がしないなら、玲奈さんが呼び出して、お灸を据えるつもりだけど？」

まるでヤンキーみたいなことを言う。もともとそうだったのかもしれない。似合うし。

「教室で一芝居やらかしておいて、まだメンツとか言うの」

「それとこれとは別。単純に、玲奈さんがムカついたって話だから」

あたしは真剣な顔で、首を横に振った。

「いい、あたしが言う」

「ふぅん。まあ、どっちでもいいけど。ただ、それでもまだ繰り返すようだったら、玲奈さんがトドメを刺してやるから。遠慮しないでいーからね」

「そういうんじゃない。直接、理由を聞いてみたいから」

その場を離れようとして、立ち止まる。振り返りざまに、小さくつぶやく。

「ありがと、教えてくれて」

玲奈が肩をすくめた。

「殴っていいって言ったのに、そうしてこなかった優しい優しい鞠佳サンに、これで恩返しできたかなー?」

一晩経って、相変わらず人を舐めたその態度に、あたしはうめく。

「それはまだまだだから。調子に乗んな」

＊＊＊

玲奈とのやりとりに続いて、こんなに空き教室を使うことになるとはね……。

あたしは昨日と同じ場所で、その子を待ってた。

向こうは、あたしが気づいてることを、まだ知らないから、のこのこと顔を出すだろう。

予想通り、約束の時間から少しだけ遅れて、その子が現れた。

「鞠佳ちゃん、どうしたの～？」

頼永柚姫。

この子が、あたしの靴に画鋲を入れてた犯人。

もしかしたら、という予感はあった。

玲奈があれだけのことをしたのに、構わず嫌がらせを続けられる人間がいるのだとすれば、それは玲奈を恐れずにいられるほど肝の座った人物か、あるいは。

スクールカーストの外にいて、同調圧力を感じ取れないほどに、空気の読めない人物のはずだから。

押し黙るあたしの前、いつもの無害そうなそぶりで小首を傾げる。

「なにかあった～？　あ、もしかして、またゆずに頼みたいことができた、的な～？」

自分勝手に微笑む柚姫ちゃんに、あたしは口を開く。

「どうして、あんなことしたの」

まずはワンパンチ。柚姫ちゃんはまだわからないって顔。

「なんのこと～？」

「あたしの靴に画鋲入れたの、柚姫ちゃんでしょ」

「それって～……」

言葉を途切れさせる柚姫ちゃん。

図星だよって言ってるも同然の不器用な反応に、なぜか苛立った。

なにか言い訳をされる前に、あたしはさらに踏み込む。

「別に、しらを切るならそれでいいよ。証拠の画像があるわけじゃないから。でも、あたしはなにを言われても、柚姫ちゃんが画鋲を入れたってことだけはもう疑いようのない事実だと思って、過ごすから」

剣呑な言葉の渦に、柚姫ちゃんはあっという間に、足を絡め取られる。

「な、なんか鞠佳ちゃん、顔こわ〜い……」

「ねえ、柚姫ちゃん」

あたしはもう一度、念を押すように問う。

「どうして、画鋲入れたの。あたしたち、友達じゃなかったの？」

柚姫ちゃんはしばらく口をぱくぱくとして、なにを言おうか困ったフリをして。

あたしの同情を買うことができないと知ってか、諦めたような笑みを浮かべた。

「そっか〜……ダメかぁ……」

「……」

占い師が相手の表情から次に言うべき言葉を見極めるみたいに、あたしは柚姫ちゃんの一挙一動に注目する。

ただ、そんなことはするまでもなかった。相手は、玲奈に比べてあまりにも、戦うことに慣れてなかった。

柚姫ちゃんはまるで子どもみたいに、こくんとうなずいた。

「うん……。そうだよ、ゆずがやったんだ〜」

「バカみたいじゃん」

あたしは吐き捨てる。

「学校で人の下駄箱なんて開けてたら、誰かに見られるかもって思わなかったの？　嫌がらせするんだったら、他にいくらでも見つからない方法あったでしょ。なのに、こんな」

あたしはまるで、どうしてもっとうまくやらなかったのかと責めてるみたいだった。

「………………」

柚姫ちゃんは、髪のリボンをいじりながら、しばらく黙り込む。

そして、観念したかのように息を漏らし、ぺたんと壁に背をつけて寄りかかった。

「あのね、ゆずね……鞠佳ちゃんのこと、かわいそうだなあ、って思ったんだ」

「可哀想？」

誰が？　あたしが？

「うん。クラスの人気者で、ピカピカに輝いてた鞠佳ちゃんがね、あんな風に恋人のために声をあげて……。そしたら、他の人にいじめられちゃったでしょ。なんにも悪いことしてないのに。すごく、かわいそうだなあ〜って……」

人の悪意もわからないような、ふわふわとした喋り方。

それは化粧と愛嬌で本音をごまかす女の子みたいで、あたしはなんだか薄ら寒いものを感じた。

「ゆずもね、一緒だったの。好きだった女の子に、好きだよーって言ったらね。ヘンな子だな～って思われちゃって。当時、仲良かったはずの子にもね、そっぽを向かれちゃったんだ」

「それは」

「だからね、もし鞠佳ちゃんがひとりぼっちになってもね、ぜったいにゆずだけは一緒にいてあげよう、って思ったんだ。鞠佳ちゃんは、ゆずに優しくしてくれたから」

意味がわからない。

この子は、玲奈のように、敵意と害意であたしを貶めようとしたんじゃないの？

「だったら、どうしてあたしに、あんなことを……。柚姫ちゃんが、他の誰よりも学校で異物になっちゃうことの不安とか、怖さとかを知ってるんだったら、なんであたしを追い込むみたいなことを！」

「だって鞠佳ちゃんは、独りにならなかったから」

ビー玉を落とすみたいな声で、柚姫ちゃんは言った。

「鞠佳ちゃんの周りには、いつだって人がいた。みんなが鞠佳ちゃんに優しくして、鞠佳ちゃんはカミングアウトした後だって変わらずに、ピカピカに輝いてた」

　だから、と柚姫ちゃんは続けた。

「鞠佳ちゃんはかわいそうにならなかったの。ゆずと一緒じゃなかった」

「……」

　柚姫ちゃんの目から、涙がこぼれる。

　どうして。

「だって、ゆずと違うもんね、鞠佳ちゃんは……。輝いてて、いっつも前を向いて、話だって面白くて、笑顔もすてきだよ。仕方ないことだと思ってたの。ゆずはみんなと違うから、遠巻きにされても、仕方ないって。でも、だけど」

　言葉に詰まって、柚姫ちゃんがしゃくりあげる。

「そうじゃなかった。ゆずがもし鞠佳ちゃんだったら、そうはならなかった。そう思ったら、みじめになって、ゆずが鞠佳ちゃんじゃなかったから、こんな風になったんだって、もっとうまくできたんだって思ったら、悲しくて」

　手の甲で、柚姫ちゃんが涙を拭う。

「どうしても鞠佳ちゃんには、かわいそうになってもらわなきゃ、いけなかったの。ゆずの、ために」

　あたしはそんな柚姫ちゃんを前に、なにも言えなかった。

　他の人ができることを、自分だけができない。

自分だけが仲間外れにされて、置いてけぼりにされる。

そんな寂しくて悲しい気持ちが、柚姫ちゃんから体温のように伝わってくる。

「……」

なのに。

泣くほどつらかったくせに、それでできたことが、靴の中に画鋲を入れる嫌がらせでしかなかっただなんて。

この子は、どこまで無害で不器用な女の子なのか。

「ごめんね、鞠佳ちゃん、ごめんね……」

精いっぱいの虚勢も壊れて、柚姫ちゃんは顔をうつむかせて、しくしくと泣きながら謝罪の言葉を口に出す。

「不安にさせて、ごめんね……。ゆずが自分勝手で、ごめんね……。こんなんじゃ、鞠佳ちゃんみたいになれるはず、ないよねえ……」

「……なにそれ」

あたしが。

あたしがこの子に優しくしてあげる義理は、もう、ない。

友達が不幸になればいいと、そう一方的に恨んで行動する相手のことを、慮る必要も、ない。もとからそこまで仲が良いわけでもなかったし。

だけど。

柚姫ちゃんがあたしのためになんでもしてくれると言ったことは、きっと、すべて本当のことだった。そこに嘘はたったのひとかけらもないと思ったから。

だからあたしは、ハンカチを差し出す。

「柚姫ちゃん」

震える彼女に、どんな表情を浮かべていいのかわからず、あたし自身が戸惑ったまま。

「あたしは『かわいそうになればいい』なんて気持ち、わからないよ。だけどね」

涙に濡れた目を見つめて、言ってあげる。

目の前で泣いてる女の子に、言葉ひとつかけずに立ち去るなんて、そんなのは、榊原鞠佳じゃないから。

「もしも、あたしがそのとき……いつのことかわからないけど、柚姫ちゃんのクラスメイトだったらね。きっと、あたしは柚姫ちゃんをひとりぼっちにはしなかったよ。それじゃあ、だめかな」

弱い人の気持ちも、不器用な子のことも、あたしは本当にはわかってあげられない。

だけど、友達には、なれる。

そばにいてあげることも。

柚姫ちゃんはあたしを見つめ返して、また大粒の涙をこぼしながら、首を振った。

「ううん、だめじゃない……だめじゃないよ、鞠佳ちゃん……」

泣く彼女は、消え入りそうな声で。

「……ありがとう……」

そう言って、小さくなってうずくまった。

教室を出たところに、絢が待ってた。

「行こ」

「うん」

絢は軽く立ち止まって。

「いいの？」

まだ中にいる子のことを聞いてきた。

あたしは、小さくうなずく。

「うん、行こ」

もしものときのために、絢には空き教室の外で待機してもらってたのだ。冴ちゃんの件もあったからね……。

ただ、今回は杞憂（きゆう）だったけど。

窓の外は、昨日からまだ雨が降ってる。たぶん、もうしばらくは続くのだろう。

「あたしってたぶん、すごく傲慢なんだよね」

「……」

独り言みたいに、あたしはつぶやく。

「今回だって、絢とのことを公表したのも結局、あたしが自分でなんとかできる自信があったから、だよ。こんなあたしが、勇気があるとか、優しいとか、そんな風に言えるのかな」

たぶんあたしは、他の人よりできることが多いから。勇気を出したと思ってても、本当はただ、自分にできることをしてるだけなのかもしれない。

それなのに、クラスで偉そうな顔をしたり、人に説教をしてみたり。

あたしなんて、一歩間違えば、柚姫ちゃんみたいになっててもおかしくなかったのに。

「もしかしたらすごく、嫌なやつだったり、するのかな」

「鞠佳」

絢があたしの手を握る。

「私は鞠佳のこと、好きだよ」

「ん……」

「鞠佳が、鞠佳でよかったと思ってる」

「……」

恋人の言葉を無条件で受け入れられるほど、あたしはかわいい女じゃないけど、でも。

少し、心が軽くなる。

こんなあたしだから繋がった縁や、仲良くなれた子や、結ばれた恋人。

助けてくれた、みんなのこと。

あたしが自分を認められなければ、そんな素晴らしい今を否定してしまうことになるから。

「……ありがと、絢」

「うん」

絢はあたしに甘すぎて、だからときどき自分がちゃんと正しく歩けてるかなって不安になるときもある。だけど、絢の優しさに救われることのほうが、多いから。

「でも、絢も、あたしが間違ったことをしそうになったら、そのときはちゃんと止めてよね」

「鞠佳は大丈夫(だいじょうぶ)だよ」

「またそうやって、甘やかす！」

「むやみに甘やかしてるわけじゃないよ」

立ち止まった絢が、微笑む。

「はじめて会ったときからずっと、鞠佳はちゃんとしてる。私が背筋を正さなきゃいけないぐらい。だから、鞠佳は大丈夫」

「むう……」

それは信頼の言葉だ。

無条件に受け入れる盲従（もうじゅう）の信用じゃなくて、相手のこれまで歩（あゆ）んできた軌跡を知ってるからこそ、未来をともに信じていける。

もし神様が見てなくても、この世界に絢がいる限り、あたしは絢にそっぽ向かれるようなことは、決してできないだろうから。

「なんかこれ、ヘンに束縛されるより、プレッシャー感じる！　結局、自分で自分をどうにかこうにかコントロールしなきゃいけないってことじゃん！」

「ふふふ」

幸せそうに笑う絢。

絢がそんな風に笑顔を浮かべてくれてる間は、とりあえず大丈夫そうだ、と。

あたしも釣られて、笑ったのだった。

エピローグ

ARIOTO
onnadoushitoka ARIENAIDESYO to iiharuonnanoko wo hyakunichikan de TETTEITEKINI otosu yuri no ohanashi

こうして、改めて、あたしの学校生活には平和が戻ってきた。

あたしと玲奈の騒動について、あとから聞いた知沙希が玲奈に突っかかったりするトラブルはあったものの……。概ね、うん、平和。

ただ、前と変わったことは、いくつかある。

例えば廊下を歩いてる最中に『あ、例の榊原先輩……』みたいな、遠巻きの視線を感じることが増えた、だったり。

例えばインスタのDMに、友達の女子のことが好きになったかもしれないという、お悩み相談のメッセージが届くようになったり。

なぜか周りの子が雑談の際、自分が好きなのは男の子だから、という謎の牽制をするようになったり。いろいろ。

その中でも。

柚姫ちゃんは結局……あたしたちのグループから抜けてしまった。良心の呵責、というやつだと思う。

それでも、クラスでそれなりに話す子を見つけたみたいで、ひとりぼっちにはならずに済んだみたい。

なぜかほっとしてる、あたしがいる。

あたしは今が楽しいから、かわいそうにはなれないけど。だからこそ、柚姫ちゃんにも今を楽しいって思って過ごしてもらいたい。これは、そんなあたしのワガママだ。

夏海ちゃんやひな乃には、協力してくれたお礼を言った。すると、ふたりからは倍のお礼を返された。

どうやら夏海ちゃんはデートがうまくいったらしく、晴ちゃんとさらに仲が深まった模様で、ひな乃についてはインスタの評判がかなりよく、店長にも褒められたみたいで。

今回の件でつくづく身にしみたのは。

あたしの周りにいるのは、ほんといいやつばっかりだな……という感動だった。

恵まれてるなあ、あたし。

「――そして、そんな子たちが周りに集まってくれたのは、あたしの人徳ってこと！」

「うん」

絢はしっかりとうなずく。

「鞠佳の人徳だね」

「……いや、絢さん」

ボケたんだから、ちゃんとツッコんでほしいんだけどな……。

絢は学校でのあたしを全肯定するから、ある意味やりづらい……。

きょうは絢もあたしもバイトが休みなので、学校帰り、絢の家へと向かってた。

帰りの電車。一カ月耐えた結果、ようやく花粉症も落ち着きつつあって、心身ともに健やかな季節がやってきそうだ。

「でも、今回の件は、絢にもだいぶ我慢してもらって、ありがとうね」

「え？　ううん、ぜんぜん」

「あの絢が、ちゃんと大人しくしてくれるなんて、あたしはそれにも感動したよ」

「鞠佳にどう思われてるのか、気になるけど……」

やや混み合う車内で、あたしたちは電車の中ほどに並んで立つ。

「今回は、私のために鞠佳が言ってくれたことだから、鞠佳の意思はできるだけ尊重したかったんだよ」

「そうだね、そう言ってくれてたよね」

「うん」

昔の絢だったら、あたしがなにを言おうが、もしかしたら自分であれこれと物事を進めてたかもしれない。かなり強引なところもあったし。

でも、大人しく待つのって、たぶん、自分が主導でなにかをするより難しいと思うから。

「あたしがちょっとは成長したみたいに、絢も大人になったんだね」

「どうだろ」

実感なさそうに、絢は首を傾(かし)げてた。

あたしはそんな絢に笑いかける。

「なんかね、一緒にがんばるのもいいけど、信じて待っててくれる人がいるっていうのも、いいなーって思えたんだ。めちゃめちゃモチベアップだよ」

「……それはいいけど」

絢があたしから目を逸(そ)らしつつ、口を尖(とが)らせる。

「だからって、この成功にあじをしめて、『今度は、三年間ちょっとアメリカに留学してくるから、待っててね！』とか言っちゃ、だめだよ」

「さすがに言わないけど！」

「うん。それは私も、ぜったいついていくからね」

「あ、来てくれるんだ……」

「あたりまえ」

嬉(うれ)しい。けど、そこまで絢に尽くしてもらえると、あたしももっともっとビッグにならないとな……と思ったりする。絢に人生をサポートしてもらえるぐらい、すごい人に……。

すごい人、すごい人か……。

「大学入ったら起業しようかな、あたし……」

「いいね」

「そしたら、ほら、絢と一緒に同じところでずっと働けるし」

「社長室でビジネススーツ姿の鞠佳にイタズラしても、怒られないし」

「怒るけどね⁉」

口にしただけの妄想を、絢が叩いて伸ばしてこねてゆく。

「三十代になり、すっかり会社も大きくなって、メディアにも引っ張りだこの女社長となった榊原鞠佳。その傍らには、常に物静かな秘書の姿が。社員たちは決して知らない。あの完璧な女社長が真昼間から社内で、あられもない姿で喘いでいるなんてことは……」

「なに言ってんの、ねえ！」

絢の肩を摑んで揺らす。

物静かな秘書もとい、想像力豊かな女子高生は、大きくうなずいた。

「燃えてきた。秘書検定とっておこう」

「……なんか、常に絢が一緒にいたら、仕事にならなそうなんだけど……」

だって、よくわかんないけど、移動中とかは車の中で絢とふたりっきりになったりするわけでしょ。夜遅くのオフィスで残業してたら、絢も一緒に残ってくれてたりさ。

そんなの、すごい甘えちゃいそうっていうか……。疲れたよー、ぎゅーしてー、絢ー、って幼児化しちゃうかもしれない……。そしたら絢が、はいはいお疲れ鞠佳、って優しくコーヒーとか入れてくれて……。くっ、天国……！

「つまり厳格なはずの女社長鞠佳が、やっぱり私の前だけはみだらになるってことだね」

「さっきから電車の中だぞ！」

女子高生のたわごとなんて誰も聞いてないだろうけど、あたしの顔が熱くなる。

しかし、こないだはウェディングプランナーになりたがってたあたしが、きょうは女社長になって起業とか言い出す。

我ながら、かなりいい加減で、本当に将来のこと真面目に考えてるのか？　って言われても否定できない。

いや、考えてはいるんだよ。絢とこの先も、どうやったら毎日楽しく仲良くいられるのかな、ってことだけは、少なくとも真剣に。

「絢は？」

話を振ると、絢は意外そうな顔をした。

「え？」

「あ、いや。絢にはそういうのないのかなーって、なんとなく」

こないだ絢に将来の話を振ったときは、まだ進学か就職かで悩んでたみたいだけど。漠然と

したやりたいことの話は聞いてなかったから。

見やると、絢は窓の外の流れる景色を、ぼんやりと眺めながら。

「……うん、あるよ、やりたいこと」

「え⁉　ほんとに⁉」

しまった、テンションあがっちゃった。ハードルあげたら、絢が話しにくくなるのに。

だってなんか、嬉しい。いつもあたしが語ってばっかりだったから、絢の夢の話、聞きたい聞きたい！

「ええと……」

絢は恥ずかしそうに瞳を揺らす。

「なになに、ねえねえ、なになに」

「この話、やめよっか」

「待って！　ねえちょっとズルくない⁉」

無言で絢が歯噛みする。そんなに恥ずかしいのか。

え？　まさか、本当にAV監督じゃないよね？

いや、だったらむしろさらっと言うか。それもどうなんだ不破絢。

「ねえねえ、教えてよ、ね、教えて教えて」

拝む。結局、絢は最後には折れてくれるだろうから。あたしってばずるいね！

しばらく黙り込んだ後、絢が口を開く。

「……なんでもいいから、人の手助けをするようなお仕事が、楽しそうだな、って」

「それって、さっきの秘書？」

「それもそうだけど」

どうしてそんなに恥ずかしがってるのかが、わからない。

絢の顔は、どんどん赤くなっていった。

「……私は、自分がしたいことってあんまりなくて、だから、そういうのがある人を見て……っていうか、鞠佳を見てて……すごいなって思うから……。だったら、そういう人をサポートしたい……かも」

そのたどたどしくて、初々しい言葉を聞いて。

あたしは笑顔を浮かべて、絢の肩を抱き寄せた。

「えー！　めっちゃいいじゃん！」

「わ」

驚く絢に、ニッコニコで。

「それってなんか、今、可憐(かれん)さんのお店で働いてることにも繋(つな)がりそうだし！　実はめちゃめちゃ絢っぽいんじゃない⁉」

「そうかな……？　私、あんまり協調性ないけど……」

「いやいや、関係ないでしょ！　可憐さんのバーは疲れてる人を癒やしてくれるとこだけど、あそこで協調性ある人いる⁉」

「……シオリさんとか」

「他は」

「…………」

絢は黙り込んだ。なんならシオリさんもないかも、ぐらいの勢いだ。

あたしは絢の肩に手を回したまま、笑顔で言う。

「きっと向いてるよ。だって絢、あたしのことすっごくわかってくれて、助けてくれたもん。絢だったらきっと、最強の秘書になれるよ！」

「秘書かどうかは、まだわからないけど……。でも、ありがと」

控えめに微笑む絢。いつもの華やかな大輪とは違って、それでもすごく魅力的。

やっぱり、あたしのカノジョ、世界でいちばんキレイでかわいい……。推せる……。

そこであたしは、ハッと気づいた。

「いや、でも！　絢が秘書になったら、社長なんてどうせ性欲強い人たちばっかりだろうから、男でも女でも絢にメロメロになっちゃうじゃん！　やばい！　ありえない！　あたしぜったい起業しないといけなくなる！」

「そんなこと」

ないよと否定される前に、絢を半眼で見やる。

「だったら、あたしがもし秘書になったら、絢はどう思う」

絢はいつもの真顔に戻って、神妙に口を開く。

「……そのときは私が起業するしか」

「やっぱりじゃん！」

「ちがうよ。それは鞠佳がとくべつエロいからであって、私は大丈夫（だいじょうぶ）」

「大丈夫なわけあるか！　どんな企業にでも顔採用されるような顔面してるくせに！」

わーわー言いながら、あたしは思う。

仲良くなる前は、氷みたいな態度で誰も寄せ付けなかった絢が、今では人の手助けをする仕事がしたいって言ってる。

それってきっと、図に乗った言い方をすれば、あたしの影響に違いない。

あたしが絢と出会って、徹底的に落とされて、人生を変えられたみたいに。

絢だって、あたしのせいで人生が変わってるんだって、わかるから。

これってなんだか嬉しくて、全世界の人に発表したい気分。

絢の夢は、あたしの影響なんですよー、って。

こんなにかわいくて、綺麗（きれい）で、優しくて、いじらしい子が、将来の夢をあたしの影響で決めちゃったんですよ、って。

それは南の島に逃避行するよりも、もっとずっとリアリティーがあって、そしてなによりも前向きな人生の共同作業、みたいだった。


電車は駅のホームに到着した。降りたあたしたちは、雑多な喧騒(けんそう)をすり抜けてゆく。

きょうはね、実は、決めてたことがあるんだよ、絢。


「あのさ、絢」

「うん？」

「最近、ほら、あたしって絢にすっごく甘やかしてもらってたでしょ」

「そうかな」

「そうだよ。リフレとか、あたしのために考えて、色々してくれて、嬉しかったっていうか」

「いいんだよ。私、鞠佳をきもちよくするの、好きだから」

それは……実際、そうなんだろうけど！　二重の意味で！

「だ、だから！　あたしのほうからも、絢にお礼をしたいっていうか！　されるばかりじゃ、あたしが気にしちゃうっていうか」

すると絢は、警戒心の強い子どもみたいに、あたしから距離を取った。なんで！

「……鞠佳、さいきんなにかしら理由をつけて、私を責めようとしてくる」

「え⁉」

「ぜったい楽しんでるでしょ」

じとーっと見つめられて、あたしはブンブンと首を横に振る。

「そ、そんなことない！　あたしは、絢にも気持ちよくなってほしいだけだし！」

「鞠佳をきもちよくするのが、私のきもちいいことだよ」

「それはそうかもしれないけど！」

帰り道で周りに誰もいないからって、なんてことを往来で話してるんだ、あたしたちは。

「鞠佳がお礼のつもりなら、私がしたいことをさせてほしいな、って」

「むむ……」

でもそれは確かに、一理ある……。

プレゼントは、自分が贈りたいものではなく、相手がもらって嬉しいものを選ぶべき。そんなの、当たり前すぎる話だ。

「……わかった」

今回もまた、言い負かされてしまった。コミュ強とみんなから言ってもらえるのに、いつまで経（た）っても絢に口で勝てない。なにゆえ。

惚（ほ）れた弱み？　そうだよ！

「じゃあ、絢がしたいこと、なんでもしていいよ」

「――」

絢に二度見された。

「なんでも……」

「うん。絢が、おりこうさんにガマンできたご褒美(ほうび)だから」

「なんでも…………」

絢がリュックからメモ帳を取り出した。

「あたしへの罰ゲームメモ……。持ち歩いてるんだ……」

「今ひっし」

話しかけないで、という意味だろう。絢に話しかけないでと言われるなんて、初めてのことだった。ショックは受けたりしないけど。

だってこれもぜんぶあたしになにをしたいかを考えてる時点で、愛を感じ……感じ……いや、あんまり愛は感じないな……。

横顔があまりにも真剣で、凛々(りり)しい。ただ、頭の中はショッキングピンクである。

「なんでも、なんでも……野外……監禁(かんきん)……拘束(こうそく)……露出(ろしゅつ)……」

「アダルトビデオのジャンルか⁉」

さすがにこわくなってきた。

ちょっと軌道修正させよう。

「あ、じゃ、じゃあ！　こないだほら、絢にメイドのコスプレしてもらったし！　あたしもなんか着るとか、そういうのはどう⁉」

　メモ帳をめくる手が止まって、絢があたしをその大きな瞳で見つめてくる。星が瞬（またた）くほどに、まぎれもない美少女。ヘンタイだけども……。

「……なんでも……」

「コスプレ限定で！」

　未練がましくつぶやく絢に畳みかけると、絢はようやくメモ帳を閉じた。それはそれでいいかという顔で、清々（すがすが）しく微笑んできた。

「うん、わかった。ろしゅ……他のは、つぎの機会にするね」

「……お願いします」

柔軟（じゅうなん）な子でよかった。いや、なぜあたしが頼む側になってるのかは、釈然（しゃくぜん）としないけど。

　絢のお部屋について、早速。

「じゃあ、これで」

種も仕掛けもなく、絢がクローゼットから取り出したるは……。

「ねこみみ」

だった。

なぜすぐに取り出せる場所に、一度も見たことがない猫耳がしまわれてたのかに関しては、今さら指摘しても仕方ない。夜な夜な絢が、ひとりで被ってて自撮りをしてるのなら、かわいかったんだけど、ぜったいあたしに着せる用に買っておいただけなので……。

いや、むしろどっちかというと、拍子抜け(ひょうしぬ)っていうか。

……なんか、もっとありえない感じの、えぐいやつを着させられると思ってた。

「髪型くずれちゃうけど、ごめんね」

「いや、いいよ別にそれぐらい。えっと、こう？」

受け取った猫耳カチューシャを頭に載っける。

絢が、指先でちょちょっと前髪を整えてくれた。

「うん、最高」

ふふっと笑って、満足げな絢。

「……そう？」

これぐらいだったらいつでもしてあげるけど、って思ったけど、それを口に出したらなんか本当に毎日つけさせられそうなので、やめた。あたしは自分の言葉に責任をもって生きてるので……。

「じゃあ次はこっちね」

「下着も出てきちゃった」

黒猫風の下着。

ショーツには尻尾がついてて、どうやら猫耳カチューシャとワンセットの模様。なるほどね。デザインはかわいい。

いったん猫耳を外して、お着替えをする。

なんか、絢の前で着替えることに慣れてきた自分もいる。このぐらいの衣装なら、まあ、と思ってしまう辺りも、よくない傾向だった。

脱いだ制服を畳んで、着替え終わり。絢の前でまっすぐ立ってみせる。

「完成、かな?」

「かわいい…………」

絢が口元に手を当てて、うっとりしてる。

「すごい、かわいい。かわいすぎ……。鞠佳、かわいいね……」

一貫一万円のお寿司を食べたようなリアクションだ……。絢は本当に、あたしのことが大好きなんだなあ……。

……まあ、そんなに喜んでもらえたら、悪い気分はしませんけどね?

ひとまず鞠佳タイガーはおやすみ。絢の前で、あたしはカワイイ鞠佳キャットに大変身だ。

「鞠佳、おいでおいで」

「にゃ」

「かわいい！」

恋人の瞳の中に、ハートが見える気がする。

絢に招かれて、あたしは猫らしくぺたぺたと這ってゆく。

ごろんと甘えるように膝に寝っ転がると、絢が感嘆のため息をついた。

「かわいい……。鞠佳、すっごくかわいい…………」

まるでよそ様のネコちゃんにそうするみたいに、おっかなびっくりとあたしの頭を撫でてくる。あたしに言わせれば、そんな絢がかわいいよ。

「絢ってば、さっきからそればっかり、にゃ」

「だってかわいいから。かわいいものとかわいいものが合わさって、今の鞠佳がこの宇宙でいちばんかわいいよ」

「絢はあたしに甘々だにゃあ」

下から手を伸ばして、絢の頬を撫でる。

ふふっと微笑むと、優しくキスをされた。

「鞠佳、かわいい。飼いたい」

「……あたしは、絢のペットだよ、にゃ」

ちょっと恥ずかしいけど、そんなにかわいいって言ってくれるなら。照れながら絢を煽る。

「なにをしても、いいんだよ、にゃ」

「鞠佳」

絢がごくりと生唾を飲み込んだ。その瞳にやらしい色が混ざってゆく。

そんな風に見つめられると、あたしの身体も火照ってきちゃいそう。

膝枕されたまま、あたしは絢の手を引き寄せる。

その指先を、ちろちろっと舌で舐めた。

「絢のこと、だいすき、にゃ」

「鞠佳……かわいい……」

「もっともっと、いっぱい、かわいがってほしい……にゃ」

どうかな、こういうの、好き？

あたしは絢に喜んでもらいたくて、上目遣い、媚びたみたいな声をあげる。

「……優しいご主人様のこと、いっぱいいっぱい、だいすき、にゃあ」

絢が覆いかぶさってきた。

あたしを組み敷くみたいに、今度は深くキスをされた。

舌と舌を絡める。何度もキスをされて、絢の頬も赤くなってゆく。

「私も大好きだよ、鞠佳」

「うん……うれしい、にゃ……」

「ずっとずっと、大切にするからね」

下着の上から、胸を撫で回される。

かわいいって言われすぎて、どうやら身体も敏感になっちゃってるみたい。胸を触られただけで感じてきちゃって、あたしは身をくねらせる。

「いっぱい、かわいがってあげるからね」

愛情のスパイスの過剰摂取で、あたしの息も荒くなってきた。

「うん……ご主人様にかまってもらえるの、あたし、だいすき……。だからいっぱい、きもちよくしてほしい、にゃ……」

猫になったつもりなら、どうしてだか、普段よりちょっぴり大胆になれた。

だって、今のあたしは絢を喜ばせるための猫だから。

学校でのしがらみも、立場も、他のみんなにどう思われるかなんてことも、考えなくていい。絢さえかわいいって思ってくれるなら、あたしは猫でもなんでもいいからね。

でも、心配だよ。

もしあたしみたいなかわいいペットを飼ったら、絢は学校にも仕事にもいかなくなっちゃうんじゃないかな。

一日中ずっとあたしのことをかわいがって、ふたりでえっちな遊びだけを繰り返すような、そんな退廃的なご主人様とペットになっちゃうんじゃないか、って。

せっかくがんばって、学校であたしと絢の居場所を作ったのに。

だから、ずっとはダメ。だけどね。

「今だけは、あたし、絢のペットだから……。絢の、好きにして、いいんだよ……にゃ……」

絢の胸から、きゅんって音がした気がした。

「鞠佳、大好き」

あたしと絢はひとつになったまま、溶けて混ざりあっていく。

それはきっと特別で、格別な時間だった。

［書き下ろし短編］

百日間で徹底的に落とされた女の子を、一生懸命サポートする女の子のお話

ARIOTO

onnadoushitoka ARIENAIDESYO to iiharuonnanoko wo hyakunichikan de TETTEITEKINI otosu yuri no ohanashi

「アヤちゃん先輩、アヤちゃん先輩？　……アーヤーちゃーん？」

ひらひらと目の前で手を振られて、それでも不破絢はなにも反応を示さなかった。

アゲハは頬に手を当てて、可憐を振り返る。

「ええと、どうしちゃったんですか？　アヤちゃん先輩」

「わからないけど、さっきからこの調子なのよねえ」

木曜日の夕方、ここは新宿二丁目にあるレズビアンバー『Plante à feuillage』。

開店したばかりの店内には、まばらなお客さんと、従業員二名。それに、この店のオーナーである可憐の姿があった。

様子がおかしいのは、アルバイトスタッフの絢だ。普段から愛想を振りまくようなタイプではないが、きょうはことさらひどい。表情はお湯を入れすぎたインスタントコーヒーより薄く、電池の切れかけみたいにたびたび動作停止を繰り返していた。

「うぅーん……これは絶対、鞠佳ちゃんとなにかあったわね……。このままじゃお店の雰囲気も暗くなっちゃうし、よし」

可憐はバーカウンターを出て、その場をアゲハにバトンタッチ。自分はバックヤードに引っ込んでいこうとする。

「あっ、カレンさん、どこにいくんですか?」

「こういうときはね、やることは決まってってね」

ニヤリと決め笑顔で口の端を吊り上げて、可憐は言った。

「飲みニケーション、よ!」

こと恋愛が絡まなければ良識人のアゲハは、笑みを浮かべたまま、首を傾げた。

「……それって、カレンさんが飲みたいだけじゃありません……?」


営業中だというのに、なぜか絢は端っこの席に座らされていた。テーブルを取り囲むのは、バーの従業員たちである。

「あの、これっていったい……」

堂々と時給の出る中サボっていることに罪悪感を覚える絢だったが、そもそも絢を引っ張ってきたのはこのお店の最高責任者だ。目の前で、グラスを傾けているのも。

「アヤちゃん、悩みがあるみたいだから……話、聞くわよ?」

きらりと目を輝かせる可憐に、絢は「はぁ」とだけつぶやく。

可憐の肩越し、バーカウンターの中にいるのは、モモだ。なぜか急に呼び出されて、バイトを手伝わされている。

「モモさんにまで、ごめいわくを……」

「いいのいいの。アヤちゃんがピンチだって聞いたら、すぐに飛んできてくれたから。あの子、アヤちゃんのこと、大好きなのよねー」

「はあ」

目が合うと、モモはぐっと親指を立ててきた。ここはあたしに任せてください、の顔だ。むしろ年上の後輩にサポートしてもらうなんて、自分はいったいなにをしているんだろう。

絢は再び落ち込んできた。

「カレンさん、またアヤちゃんがずーんってなってますよ？　ずーんって！」

「あらまあ……ねえねえ、絢ちゃん。いったいなにがあったのか、お姉さんたちに話してくれない？」

可憐とアゲハは、すでにお酒が入っている。絢の前に置かれたドリンクはさすがにノンアルコールだが、この雰囲気に当てられて自分も酔いが回ってきたような気がしてきた。

「……その、私の恋人が」

「鞠佳ちゃんが？」

「なんだか、私を邪見にして、それで……」

「あらまあ」

可憐の目が輝くのを、隣の席に座っているアゲハは目撃した。

「詳しく、最初から話してくれない？」

アゲハは思う。可憐さんがこのお店を立ち上げた目的は、本当はこうして合法的に人の恋愛話に首を突っ込めるからじゃないでしょうか、と。

「……実は」

絢は最初から語り出す。鞠佳がカミングアウトしてくれたこと。ふたりで幸せな時間を過ごしたこと。だけどきょうになって、鞠佳がなにやらピリピリしていること。そして、自分が遠ざけられたこと。

「なぁるほどねぇ……」

可憐は大げさにうなずくと、振り返ってモモに追加のドリンクを注文した。空いているとはいえ、お客さんはいるのに……。

「寂しいのね、アヤちゃん……」

「それは、あの、いえ」

絢はますます暗い顔をした。

「鞠佳はいつも毎日がんばってますし、私にもやさしくしてくれます。キャパオーバーしちゃうんじゃないかって心配するぐらい。だから、鞠佳に不満なんて、なんにも」

「だったら、どうしてそんな風に落ち込んじゃうんです？」

「……」

上品にグラスを傾けたアゲハが問いかける。絢はなにも答えなかった。

可憐がふふっと笑う。

「アゲハちゃんは、なんでも自分からぐいぐい行っちゃうもんね。そこがかわいいところなんだけど、アヤちゃんはそうじゃないみたいなの」

「ぐいぐい行っているわけじゃ、そんな。ただ好きな人には、好きかもですーって言うだけですよ」

「恋愛に対してとても積極的で、それもかわいいと思うわ」

「えへへ、褒められちゃいました」

可憐に二の腕をさすられて、アゲハが目を細める。可憐にとっては、大事な従業員はみんなかわいい子たちだ。もちろん性的な意味ではなく。いや性的な意味もたまにあるけど。

絢はゆっくりと口を開く。

「私、わかったんです……。昨日、鞠佳といっしょにいて……」

「わかった?」

「……私、鞠佳のこと、すっごく好きなんだ、って……」

そう言って、絢は顔を手で覆った。

可憐やアゲハから見たら、なにを今さら、という話なのだが、違うのだ。

絢は本当に心から思った。自分の指を挿れられて、痛みに耐えながら喜びに涙をこぼす鞠佳は、この上なく美しかった。もし絢が画家だったら、間違いなく名画として書き残していただろう。

鞠佳よりもずっと身体を重ねることのハードルが低かった絢が、鞠佳の影響で『結ばれた』と思わされてしまった。それだけ、鞠佳の嬉しいという感情が伝わってきた。

当日はまだ取り繕えたのだが、実感は後からじわじわと増していき、今になっては抱えきれないほど大きくなっている。

普段なら、鞠佳が自分に内緒ごとをしているのも、理解できる。

鞠佳は自己保身や利己的な嘘をつくことは、決してない。今は話せないことだって、時が来たらちゃんと話してくれる。絢への配慮だって、決して忘れない。

自分にできることは、ぜんぶちゃんとやろうとしている。それが鞠佳なのだ。だったら自分は、鞠佳を信じて待てばいいだけなのに。

「頭ではわかってるんですけど……。ううん、もしかしたらわかってないのかもしれませんが……。鞠佳のこと、しあわせにしたい……」

顔を赤らめた絢が、そうため息をつく。

「これは……好意が限界を超えてしまって、守りたいとか、幸せにしたいとか、曖昧なことしか言えなくなっている状態ね……」

「あー、私もよく抱かれた人に言われます」

勝手なことを言いながら、モモに作らせたカクテルをあおる大人たち。

間に挟まれた絢は、頬に手を当てる。

「だから私は、いつでも鞠佳の役に立ちたいんです……。いつだって、鞠佳に必要とされていないと……」

「ちょっとおかしな方向に話が進んできたわね」

「アヤちゃんのグラス、アルコール入れてないはずなんですけどねえ」

もちろん、学校での自分を知らない大人ふたりの前だから、絢も普段とは違って、心の内を曝け出せるというのはあるだろう。クラスメイトの前では、こうもいかない。

「鞠佳ってすごくすけべだから、もしかしたら、他の子も味見したいって思っちゃうかもしれませんし……！」

「えっ、そうなの⁉」

「ここで食いつくのはさすがにだめですよ、カレンさん」

微笑みながら言うアゲハ。その本人もワンチャンあるならワンチャンお願いしたいと思っているのは、笑顔の裏の秘密だ。

絢はふるふると首を横に振る。

「鞠佳は理性ではちゃんと、止まってくれるってわかってます……。だけど、鞠佳は本当にすけべだから、流されてコロッと、とか……。ぜったいに後から反省して私に謝ってくれるとはおもうんですけど、可能性がないわけじゃなくて……」

本人に聞かれたらブン殴られそうな発言だが、絢は本気だった。そうじゃなければ、社会規範を大事にする鞠佳が、あんな学校でのえっちとか、ＯＫするわけがないのだ。

固い秩序と、その中にあるドロドロの本能。そのせめぎあいが鞠佳の魅力であることは、間違いないのだが……。それはある意味では絢の心配の種だった。

「私が、あんなに鞠佳をすけべにしちゃったから……！」

再び顔を手で覆う絢。

「なんか、女冥利に尽きる悩みねえ……」

「こんなに愛されて、だんだんマリカちゃんのことが羨ましくなってきちゃいました」

「よしよし、アヤちゃん、よしよし」

可憐が絢の肩を抱く。

「大丈夫よ、大丈夫。鞠佳ちゃんは、ぜったいにアヤちゃんを裏切らないわ。もし一夜の過ちなんてしちゃったら、それをネタにもっとひどいことをしてあげればいいんだから」

「それ慰めになってます？」

絢は手のひらの隙間から、目を覗かせた。

「……たしかに」

「なってました！」

なにか確信を抱いたような顔で、可憐を見つめる絢。

「想像するのはぜったい嫌ですけど……でも、その鞠佳はきっと最高にかわいいと思います」

「ええ、そうよ。なんだってスパイスに変えちゃいましょう」

「本当にお酒入ってないのかなあ、これ」

アゲハが、絢の口をつけたグラスを神妙に見やった。モモはよくオーダーを取り違える。

「実際、鞠佳ってクラスのみんなと仲良くて、かわいい子もたくさんいて……。あ……」

そこで絢は気が付いた。

「そういえばきょう、お昼休み、西田さんとふたりでどこかに行ってたみたいですし……。帰ってきてから、鞠佳の様子もちょっとおかしかった……。これって、もしかして」

すがるように絢が見つめると、可憐もアゲハも目を逸らした。

「……そういうこと、なんですか？」

なぜかふたりは自分たちが浮気を咎められたかのように笑う。

「いやあ、どうかしらね……。まだ、一概には言えないんじゃないかしら。ほら、鞠佳ちゃんってアヤちゃんに一途ーって感じだし」

「そうですよ、アヤちゃん。浮気は一般的にはよくないことですから。普通はしませんよ、普通は。ちなみに、お相手の方は？」

「西田玲奈って言って」

　絢はスマホを操作して、インスタを表示させた。そこにはモデル西田玲奈の写真がたくさん並んでいる。

「これは、美人ね……」

「鞠佳ちゃんの趣味としては、タイプが違うように思いますけど……でも、逆にそれが……」

　可憐とアゲハは、もわもわと妄想する。鞠佳と西野玲奈。ふたりが文句を言い合いながらも、お互いの身体を触り合って、睦言に没頭していく様子を……。

「……鞠佳、西田さんと浮気してたり、するのかな……」

　やめよう。可憐は能天気っぽく笑った。

「大丈夫よ！　アヤちゃん！　鞠佳ちゃんは、アヤちゃん一筋。浮気なんてぜったいにありえないわ。もし鞠佳ちゃんがどうしても他の子としてみたいって言ってきたら、そのときは三人でしましょう！」

「えー。だったら私も、私も立候補しておきますので。四人で、四人でどうですか？」

「可憐さん、アゲハさん」

　絢がやたらと低い声を出し、可憐とアゲハは笑顔を引きつらせた。

「ち、違うの、アヤちゃん。そういうつもりじゃなくて。ほら、リラックス、リラックスさせたくて」

「落ち着きましょう？　アヤちゃん先輩、ね？　私、歯科衛生士やってますけど、痛いのぜんぜんだめなんですよお」

ふたりの嘆願じみた言葉に、しかし絢はがっくりと首を落とす。

「私……鞠佳が西田さんとなにをしているか、わからないですけど……もし、がんばってるなら、事情を話してくれなくてもいいんです……。ただ、がんばってる鞠佳を、支えてあげたくて……。これって、私のワガママでしょうか……」

アゲハが『大丈夫かな？』と可憐に視線で問う。可憐は『大丈夫そう』とうなずいた。悪ふざけを言ってきた大人ふたりをお仕置きするなんて、絢にとっては二の次。今は、鞠佳のことで頭がいっぱいみたいだ。

可憐は努めて優しい笑みを浮かべる。

「そんなことないわ、アヤちゃん。きっと、鞠佳ちゃんは喜ぶはずよ。あの子は、自分が人に愛されているんだって実感すればするほどに、愛を返してくれる子だから」

「……可憐さん」

瞳を潤ませる絢に、アゲハもうんうんとうなずく。

「こんなに優しくてかわいいアヤちゃん先輩が、自分のためになにかしてくれたら、それはもうぜったいときめいちゃいますよ。学校でサポートできないんだったら、それ以外で支えてあげればいいんです」

「それ以外で……」

絢は口元に手を当てて、それから顔をあげた。

「うん……わかり、ました。まだちょっと不安ですけど、でも、おはなし聞いてくれて、ありがとうございます。可憐さん、アゲハさん」

「力になれたのならよかったわ」

「私たちは、聞いて楽しんでいただけですけどねえ」

アゲハの言葉は謙遜(けんそん)でもなんでもなく、ただの事実であった。

それはともかく、絢は立ち上がって、あっ、という顔をする。

「す、すみません。こんなに長々とサボっちゃって……。いまから、シフトに戻ります」

「えー、でももうモモちゃん呼んじゃったし。アヤちゃんも、一度鞠佳ちゃんの顔を見に行きたいんじゃない？」

グラスを振りながら笑う可憐さんに、絢は一瞬うろたえて、それから大きく頭を下げた。

「すみません！　では、お言葉に甘えさせてもらいます……」

間を抜けていこうとした絢に、アゲハが尋ねる。

「それで、なにをするんですか？」

「あ、えっと」

絢は控えめに微笑んで、かわいらしく告げる。

「疲れがとれるようなマッサージを、たっぷりしてあげようかな、って。もちろん、鞠佳の大好きな、えっちなのを」

可憐とアゲハは本人を想像しながら、(鞠佳ちゃんってほんっとにえっちなことが大好きなんだなあ………)と生暖(なまあたた)かく微笑んだ。

結局、そのマッサージは鞠佳のお気に入りとなり、たびたびこれからもせがんでくるようになった。絢の鞠佳評は残念ながら、まったく間違っていなかったのだった。

＊＊＊

そして、これは余談である。

猫耳プレイがひと段落した鞠佳は、裸(はだか)でベッドにぐったりとうつぶせになっていた。

その隣、横になって寝転ぶ絢が、鞠佳の横顔をじっと見つめている。

今回、ずっとがんばっていた鞠佳にご褒美(ほうび)までもらえて、自分はなんて幸せなご主人様なんだろう、と絢は思う。

(でも、もったいないことしちゃったかな……)

ほんとはもっともっとしたいことはたくさんあったけれど。どうしても、素直にご褒美をもらうような気分には、なれなかった。

だって、放置されていたとはいえ、がんばってくれたのは鞠佳だ。そもそも、自分との恋人関係をカミングアウトしたために、厄介(やっかい)な出来事に巻き込まれていたのだろう。

(鞠佳は、すごいな)

学校で自分が同性愛者なんてことを言ったら、今まで通りの人間関係を継続させることは、きっとすごく難しい。

だからこそバー『Plante à feuillage』のような場所が必要なのだ。マイノリティーのための居場所。楽園。だというのに。

鞠佳は結局、自分の場所で、自分を貫き通してしまった。それはどれほどまでに強く、そしてどれほどの幸運が必要だったのか、絢にはわからない。

ただ、もしなにもかもうまくいかなかったとしても、絢は鞠佳に多大な感謝を捧げただろう。そしてふたりぼっちで、幸せに学校生活を終えた。それだけは、鞠佳に知っておいてほしかった……のだけど。

(せっかくうまくいったのに、水を差しちゃうかな)

どうしてこんなにも、言いたいことがあふれるのだろう。

自分のすべてを知ってほしい。

いつか、そのすべてを打ち明けられる日は来るのだろうか。

言いたいことも言えないことも、ぜんぶひっくるめて。

絢は鞠佳をぎゅっと抱きしめた。

「え、なになに。どうしたのにゃ？」

「ううん、なんでもない」

「甘えんぼさんにゃ？　って……なんか、猫言葉が勝手に！　にゃ！」

もう猫耳のついていない頭に手を当てて、鞠佳が眉を寄せる。絢は笑った。

ふたりがひとつになれたら、不安も悲しみもなくなる。だけど、代わりに鞠佳が自分のためにしてくれることを、当たり前だと思ってしまう。それは、嫌だ。

だから、聞くのだ。怖くても、鞠佳に。

「あのね、鞠佳」

「にゃ？　……ああもう！」

鞠佳の目を見つめながら、まっすぐに。

「鞠佳って、西野さんのこと、好きだったり、する？」

そう聞いた、鞠佳の顔。

ぽかんとした後、鞠佳は目から涙を流すほどに笑った。

「ないない！　ぜーーーったい、ない！」

猛烈な勢いで否定されて、絢は目を丸くする。

「そ、そうなんだ」

「うん、断じて！　神様と絢に誓って、ナイナイ！　ありえない！」

そこまで言われると、つい絢もつられて笑ってしまった。

「ごめん、ヘンなこと言って、鞠佳。だめだね、私。人を見る目がなくって」

鞠佳に頬をつつかれる。

「いや、それはあるでしょ。なんたって、あたしを選んだんだから！　にゃ！」

自信満々な鞠佳に顔を近づけて、絢はキスをした。

いつか、この心を半分に割って、あなたに差し上げられたら。ぜんぶ、知ってもらえるのに。

そんなことを、思いながら。


服を着替えた鞠佳が帰っていって、それから間もなく、玄関のドアが開いた。

駅前まで送っていった鞠佳が、忘れ物をして戻ってきたのかと、絢は玄関に出向く。するとそこにいたのは、長い髪の女性だった。

「ああ、絢。ただいま」

絢は一瞬、言葉を呑み込む。

「……おかえり、お母さん」

「うん、久しぶり」

こんなに早い時間に帰ってくることなんて、それこそ何年振りだろうか。

むしろ、鞠佳がいなくてよかった。踵(きびす)を返して自分の部屋に戻ろうとする絢に、後ろから声がかかる。

「そういえば、今度紹介したい人がいてね」

「………………」

絢は立ち止まる。

「アルバイトのシフトを教えてくれたら、こっちで都合をつけるから」

「いいよ、別に。好きにして」

「そんなこと言われても。一応は、形式的なものだから」

絢は横目で母親を見やる。

表情は変わらず。ただいつまでも若々しく、どこか退廃的な香りを漂(ただよ)わせた母親。

「会いたくない。お母さんは好きに幸せになって。私も、好きに幸せになるから」

「……そう」

決して困った顔はしない。いくつかの受け答えの中から、それも予想していたうちのひとつ、とでもいうように、母親がうなずく。

ため息をついてリビングに向かう母親に、絢は一言を加える。

「心配しないで。もう、二番目のママみたいなことには、ならないから」

「――絢」

振り向かず、絢は自分の部屋へと向かう。

ずきりと胸が痛む。

窓の外は、まだ雨が降り続いていた。

いつかすべて、話せたらいいのに。鞠佳。

どうして私が、鞠佳と釣り合わないと思っていたのか。

――私が、どんなに酷(ひど)いことをしたのかを。

あとがき

ごきげんよう、みかみてれんです。

このたび『女同士とかありえないでしょと言い張る女の子を、百日間で徹底的に落とす百合のお話』こと『**ありおと**』の6巻を手に取ってくださって、ありがとうございます。

鞠佳(まりか)のカミングアウトから始まる物語の、決着編。がんばる鞠佳と、それをがんばってサポートする絢(あや)。ふたりは平穏な生活を取り戻せるのか！　という感じのお話でした。

というわけで、今回はネタバレ少なめで、6巻についてあれこれ語っていこうと思います。完全にネタバレゼロというのはムリだった！　ごめんね！　本編後に読んでくれ！

1：カミングアウトという問題（**プチネタバレ**）

のっけからネタバレでごめん！　今回のお話について、これだけは語りたかった！　いいでしょわたしの本なんだからさあ！（逆ギレ）

さて、ええと……。ライトノベルのガールズラブコメディが一般文芸と違うところは、これが『夢を書くエンタメ』であることだと、わたしは思っています。

ありおとは当然ながらフィクションです。クラスで孤高の超絶美少女とスーパー人気者の陽キャ美少女が付き合っていたら？　嬉しい!!　そういうお話です。

ただ、6巻では徹底的な明るいエンタメという領域を、少し勇気を出して、はみ出すことにしました。端的に言うと、鞠佳が嫌な思いをするシーンが他の巻より、多いのです。

もちろん、それがいいか悪いかを含めて、作劇には悩みました。

ガールズラブコメディが提供するべき読後感と、6巻のテーマを天秤にかけ……リアリティレベルの上げ下げを調整して、バランスを取り続け……そして、ようやく皆さまにお届けすることができました。

今までとは少し違うこの巻も、気に入ってもらえたらいいなあ……と思います。

というわけで、これからも、**女の子と女の子が恋愛して、なんで不幸にならなきゃいけないの？**　の精神でやっていくぞ。カミングアウトしたから？　**知らねーー！　このお話を書いているのはわたしなのでわたしが決めまーすはいふたりは永遠に幸せになるー！**

はぁ、はぁ……。最後ちょっと雑になりましたが、そんな感じです。

2：7巻の構想

あ、7巻は修学旅行編やります！　今回、出なかった鞠佳と絢の水着はそっちでね！

問題は取材旅行がしばらくムリっぽいことですね……。ええい、なんとかなれー！

3：第2シーズン完、そして第3シーズンへ

これは他の誰にも特に話してはいないのですが、なんとなくありおと本編を分割した際に、**3巻までが第1シーズン、6巻までが第2シーズン**というつもりで書いていました。

どういう違いがあるのかというと。3巻までは、鞠佳の成長を中心に。4巻から6巻は、絢の成長を中心に、って感じです。めちゃめちゃざっくり言いました。

最初はなんでも知っているような完璧美少女だった絢から影響を受けて、環境の変化に強い鞠佳がグングンと成長するのが、3巻までの流れ。そして4巻からは、そんな変化した鞠佳にさらに影響された絢が、自分でもがんばって変化していくのが6巻まで。

では7巻から先はなにをするのかというと……。今まであまりお見せしてこなかった絢のブラックボックスな部分に触れていこうと思っています。6巻かけてようやく！

初めて同人誌版ありおとの設計図を描いたのが、2018年の春。その頃に考えた物語は、第3シーズンをもって満了することでしょう。そこから先。鞠佳と絢の物語がどうなっていくのかは、第3シーズンが終わった頃にまた考えることにします。

当面は、ふたりが幸せになれるよう、わたしも手を尽くします。どうぞ、今しばらくお付き合いのほど、よろしくお願いいたします。

なんだよ！　今回、真面目な話ばっかりじゃん！

まあ、6巻まで追いかけてくれている読者さんが読むあとがきとか、世界でいちばん本音で喋れるところだからね……。仕方ないね！

それでは謝辞です。

緜先生、ねこみみ鞠佳と絢、すっごいかわいかったです！　ありがとー！　嬉しー！　鞠佳と絢がかわいいとわたしも嬉しくて、読者さんも嬉しいので、緜先生のおかげで人々が幸せになっていきます。すっごいね！

また、担当のねこぴょんさん、さらにこの本を作るために関わってくださった多くの方々、心からありがとうございます。7巻もお力添えのほどよろしくお願いします！

そしてなによりも、この本をお手にとってくださった方や、この本を売るためにがんばってくださった書店員の方々に、大きな感謝を。

かやこ先生の描く『ありおとコミカライズ』はマンガUP！さんで連載中！　この本が出る頃には、3巻が出るのかな？　出そうかな？　ガルコメのコミカライズは画面ずっと女の子がかわいくて最高ですね。最高！

また、ガルコメのもう1シリーズ、**わたなれ**のほうも引き続き、よろしくね。ありおとと比べて健全な青春ラブコメです。ありおとと比べたらだいたい健全？　それはそう。

それでは、またどこかでお会いできますように！　みかみてれんでした！

ファンレター、作品の
ご感想をお待ちしています

〈あて先〉

〒106－0032
東京都港区六本木2－4－5
SBクリエイティブ（株）
GA文庫編集部 気付

「みかみてれん先生」係
「緜先生」係

本書に関するご意見・ご感想は
右の QR コードよりお寄せください。

※アクセスの際や登録時に発生する通信費等はご負担ください。

https://ga.sbcr.jp/

女同士とかありえないでしょと言い張る女の子を、百日間で徹底的に落とす百合のお話6

発　行　　2022年10月31日 初版第一刷発行
著　者　　みかみてれん
発行人　　小川　淳

発行所　　SBクリエイティブ株式会社
〒106−0032
東京都港区六本木2−4−5
電話　03−5549−1201
03−5549−1167(編集)

装　丁　　FILTH

印刷・製本　中央精版印刷株式会社

ISBN978-4-8156-1361-7

Printed in Japan　　GA文庫